Mandrágora

Camilo Pino

www.suburbanoediciones.com

@suburbanocom

Diseño de cubierta: Gastón Virkel

Foto de portada: "Sentada en un parque de Paris", por Ricardo Gómez Pérez

ISBN -10: 0-9890953-7-1

ISBN -13: 978-0-9890953-7-2

Índice

Antaño había en medicina un remedio que se empleaba para los reyes decrépitos: tomaban baños de sangre de niño. Aún hoy muchos hombres, para rejuvenecerse, se hacen inmolar un corazón virgen, con el fin de recrear su vejez y calentar sus miembros fríos. Y a esas personas se les considera almas tiernas, que no pueden prescindir de afecto.

Gustave Flaubert

1

Inoculación
Buenos Aires, 2004

Se llamaba Belén, como el pueblo del nacimiento, la escuela de los jesuitas en Miami y el hospital de la compañía de M. Así dijo llamarse. También dijo ser del norte, de la frontera con Brasil, y tener una hija por la que sacrificaba la vida. M le aconsejó volver con su hija, que era lo único que valía la pena de verdad, pero ella le respondió que con lo caras que estaban las cosas eso era imposible y, justo antes de oír ladrar a los perros, se justificó diciendo que Dios actuaba por razones misteriosas.

Belén apareció en un tugurio que podría haber estado lo mismo en Iquitos que en Ciudad de México, pero que esa noche estaba en Buenos Aires. M se había escapado de un brindis corporativo con Ezequiel, un colega argentino que se había empeñado en llevarlo de putas cuando se enteró, a la altura del quinto whisky, de que M nunca se había acostado con una. La oscuridad del sitio, excesiva incluso para un burdel, le pareció sospechosa a M, pero Ezequiel lo calmó contándole que conocía bien el lugar. Era de los mejores de Buenos Aires y ofrecía un material excelente a precios razonables. De hecho, era el preferido de sus colegas. Si no nombraba a nadie era por respeto.

Belén estaba sentada en la esquina de la barra, apartada de sus compañeras. Tenía cara de paloma, piel de niña y un cinturón dorado que parecía una versión miniatura de los que ganan los campeones de boxeo. Apenas vio a M lo abordó: "Te voy a dejar viendo estrellas", le dijo señalándole el vientre. Ezequiel celebró el buen gusto de su amigo y de improviso, se maldijo por no poder acompañarlo. Eran pasadas las dos de la mañana y su mujer lo esperaba. De cualquier manera, él ya había cumplido con su misión, incluyendo el pago de la chica, que podía considerar cortesía de la compañía. M, alarmado, le preguntó si había usado la tarjeta corporativa. Ezequiel lo calmó: tenía un arreglo con la gerencia del sitio y la transacción pasaba como si hubiera sido hecha en un restaurante. M no sería ni el último ni el primer empleado en pasar por allí y quien estaba asumiendo el riesgo, si es que lo había, era él, aclaró Ezequiel antes de despedirse.

Un whisky seco le infundió a M el coraje de seguir con el ritual milenario. Belén se puso un abrigo negro de cuerpo entero y lo tomó de la mano. Anduvieron entre callejones oscuros hacia un hotel recomendado por ella. Parecían novios.

En el camino, Belén le dijo a M que, al contrario de sus clientes habituales, él era bonito y delgado. Lo que en realidad quiso decirle, pensó M, era que no entendía por qué un tipo como él andaba con una mujer como ella y que en esas calles le podían pegar un tiro sin que nadie se diera cuenta. Ella misma podía sacar un revólver diminuto de su cartera, meterle una bala en la barriga, arrebatarle la billetera y dejarlo tirado sobre el pavimento. No sería la primera vez.

Llegaron al "Hotel Venecia", un edificio amarillo con apariencia de dependencia pública. La recepción parecía una jaula armada con hierro y vidrio antibalas. El recepcionista, un viejo de pelo pintado de un rojo imposible, sostenía un cigarrillo con los dientes y contaba pesos con habilidad de crupier. M pagó treinta y siete dólares en efectivo por la suite más cara, que le pareció baratísima. En vez de darles las gracias, el recepcionista les deseó "buena faena" con un aire de confianza que irritó a M.

La habitación olía a germicida, tenía un jacuzzi rojo, y una cama enorme. M se echó boca arriba en la cama y se estiró en forma de estrella. Belén se desnudó con tan sólo desatarse el cinturón dorado, como si su vestido fuera la cortina de un teatro, pero en vez de exhibirse, se fue a dar un baño. M pensó que en realidad se iba a poner un ungüento protector o a perfumarse el rastro de un trabajo anterior, pero Belén lo invitó a acompañarla. M obedeció y se metió en la ducha. Ella le trató de dar un beso en la boca. Él le volteó la cara, se salió de la ducha, se secó con una toalla ajada y se metió en la cama. Ella lo siguió, se acostó a la altura de sus pies y comenzó la sesión masajeándole las piernas y besándole los muslos. Cuando lo sintió listo, lo armó con un condón y le sirvió de espaldas. M la penetró con cuidado, apoyándose en las nalgas y después con ímpetu, estrujándole las tetas. Belén le sugirió una variación de posición: "Te cabalgo, pero con mis piernas cerradas, ¿lo has probado?". Y sin darle tiempo de responder, se le encaramó, le jaló las piernas hasta abrírselas en V y se las arregló para meterse la verga sin esfuerzo entre los muslos apretados. Si alguien los hubiera visto, habría pensado que Belén era el hombre y M la mujer y que lo hacían en la posición del misionero. M acabó así, con Belén encima, pero sintió que el semen, en lugar de salir, se le regresaba al cuerpo, como si le hubieran inoculado un líquido tibio que le subía por la uretra y se diseminaba por los ganglios linfáticos; sensación que ni le dolió ni le pareció repugnante y se le quitó en cuestión de segundos, pero que lo inquietó lo suficiente para salir de allí a toda prisa.

Encontraron la calle desierta. A Belén le pareció extraño que no hubiera nadie. Era una esquina muy céntrica. Esperaron diez minutos por un taxi, pero no pasaba nadie, ni carros ni gente, y Belén propuso caminar de regreso al bar. Su representante le conseguiría un taxi con seguridad. Él lo conseguía todo, hasta mandarinas conseguía y baratísimas, a veinte pesos la pastilla, con lo difícil que era dar con ellas. ¿Las conocía? Eran unas pastillas nuevas que se estaban poniendo de moda, muy bonitas por cierto, de color naranja, como unas pelotitas. Si M quería,

13

ella le podía conseguir una docena por cincuenta dólares.

M le agradeció y le dijo que no consumía drogas. Belén le contó que a ella le encantaban las mandarinas porque le borraban de la cabeza los malos recuerdos y no daba resaca. No había tomado ninguna esa noche porque M le gustaba de verdad y no quería olvidar un encuentro tan agradable y poco común en una profesión tan ingrata como la de ella, que no era decir que la practicara sin gusto. No se puede tener un trabajo como el suyo si no se disfruta aunque sea el mínimo necesario. Luego hablaron de Dios y la familia y, ya cerca del bar, se asustaron con los ladridos repentinos de unos perros que parecían acecharlos. En un momento, hasta escucharon uñas sobre el pavimento y apuraron el paso, pero los animales nunca aparecieron.

Antes de despedirse, Belén le dijo que lo había estado esperando con ansiedad y que estaba muy contenta de que todo hubiera salido bien con la semilla. M le preguntó cómo lo podía haber estado esperando si no se conocían, y qué era eso de la semilla. Belén se ruborizó y le dijo que no tenía importancia lo que había dicho: era una expresión típica de su pueblo para decir que la había pasado muy bien. Se despidieron con un beso que ninguno de los dos se quería dar.

Apenas entró a la habitación del hotel, M se echó un baño de agua caliente que le recordó el beso que Belén trató de darle en la ducha.

Empacó antes de acostarse para estar listo en la mañana, y se tomó cuatro aspirinas con la falsa esperanza de evitar la resaca. Volvió al baño a orinar antes de meterse en la cama y sintió un ardor que le daba a veces, pero que nunca pasaba de eso. Pensó en la sensación que tuvo al acabar y se buscó los ganglios del abdomen a ver si los tenía hinchados. Tardó en conseguirlos y, cuando logró palparlos, los encontró normales. Luego se metió en la cama y se quedó dormido viendo una película sobre un viajero atrapado en un hotel en Tokio que se enamoraba de una joven muy bonita, rubia, rellenita ella.

*

El repique del teléfono casi tumbó a M de la cama. Tenía dolor de cabeza y apenas le quedaban veinte minutos para bajar al comedor a encontrarse con sus colegas a la hora convenida. El plan no podía ser peor: iban a una hacienda en La Pampa a una sesión de socialización en equipo. Tomó una ducha con meadas largas y calientes que remató con un chorro de agua fría para quitarse el dolor de cabeza. No tenía ganas, pero se sentó en el inodoro. Si no lo hacía, se arriesgaba a pasar el día retorciéndose por los gases. Produjo un manojo de mojones redondos y pequeños, como de cabra. Se palpó los ganglios del abdomen y le pareció que esta vez tenía uno duro como un grano de arroz. Se puso blue jeans, la única camisa limpia que le quedaba: una polo blanca y arrugada, y un cárdigan amarillo; cogió su maleta rodante y se fue a desayunar.

En el restaurante, M distinguió a Ezequiel sirviéndose huevos revueltos en el bufé y se acercó a saludarlo. Lo primero que hizo Ezequiel al verlo, fue preguntarle cómo le había terminado de ir la noche anterior. "Una mierda", respondió M sin elaborar. Ezequiel le preguntó si había tenido algún problema. M prefería no hablar del asunto. Ezequiel insistió: si le había pasado algo, quizás podía ayudarlo. Pero M dejó en claro que no quería tocar el tema. Se sentaron aparte de sus colegas en una mesa de dos y hablaron de lo de siempre, como si la noche anterior no hubiese pasado: de Belkis Jaso, la jefa inmediata de ambos; de Marcelo Silva, jefe de su jefa; de cómo la mayoría de los empleados se ponía patas arriba para contentar a Míster Gamble, y del éxito de Luigi, que se había conectado con la compañía a través de M y los estaba ayudando con la convención anual. Luigi le caía bien a Ezequiel. Luigi les caía bien a todos.

Ezequiel y M fueron los primeros en subir al autobús. Tardaron media hora en salir de la ciudad por el tráfico de la mañana y una más en llegar a La Pampa. El paisaje no se parecía al que M había imaginado. No tenía nada de salvaje, de vasto. Era un campo domesticado, una llanura seca invadida por galpones y cableados. Aunque participaba en la conversación grupal, M sólo podía pensar en Belén, en la sensación que tuvo al momento de acabar, como si hubiera sido ella quien lo impregnó a él. Podía estar enferma. No recordaba haberla visto de frente. Seguro tenía llagas y se las había escondido con mañas del oficio. En Argentina las tasas de sida eran altísimas. Nada más a él se le ocurría tirarse a una puta del centro, justo ahora que Tammie lo tenía a régimen para buscar hijo. Para completar, Ezequiel pagó con la tarjeta corporativa. Si Míster Gamble se enteraba, su carrera se arruinaría. Exageraba. No era para tanto. Con condón era imposible que le hubieran contagiado nada y las enfermedades no se pegan con sexo oral.

Estaba demasiado angustiado por culpa de la resaca. Se había bajado por lo menos siete tragos y remató con whisky barato. Tenía que aprender a controlarse. Si hubiera parado al tercer trago no habría pasado nada. Eso pensaba M cuando por fin llegaron a una mansión colonial rodeada por unos árboles enormes de hojas rojizas. Los facilitadores de la sesión los esperaban en la puerta. El líder era un hombre de unos cuarenta años, esbelto, de pelo marrón largo y liso, barba cuidada y rostro inofensivo. Se llamaba Martín Tébar. Lo acompañaba su esposa, María. Ambos llevaban camisones de lino blanco y zapatos nuevos de explorador moderno marca Merrell.

Pasaron a una sala con café y panecillos donde Martín se presentó: era el autor de Atrapa tu sueño, un libro de crecimiento personal que con gusto regalaría y dedicaría a los asistentes al final de la sesión. Era experto en jiu-jitsu, cinturón negro. Desde hacía diez años se dedicaba a ayudar a individuos y compañías con su método de crecimiento personal. María era su compañera de viaje. Míster Gamble lo había contratado como consultor en el área de recursos humanos y esta era la primera experiencia formal que tenía con la compañía.

Pedía disculpas de antemano por su desconocimiento de asuntos internos. La buena noticia era que él no estaba allí para discutir asuntos internos, sino para ofrecerles herramientas para funcionar mejor como equipo.

Pasaron a una habitación con unos ventanales enormes que dejaban ver un jardín de flores silvestres. Se sentaron en círculo sobre unas alfombras de goma individuales de yoga. Martín le dio las gracias a Míster Gamble como si estuviera presente, a pesar de que estaba a miles de kilómetros de distancia, y pidió a los asistentes que se presentaran uno por uno, diciendo sus nombres, títulos de trabajo y describiendo sus funciones, como suele hacerse en este tipo de encuentros, pero además les pidió que describieran su trabajo ideal y lo compararan con el que tenían.

Ezequiel fue el primero en hablar. Siempre había querido ser presidente de la república, no por vocación, sino porque todos los argentinos querían ser presidentes de la república. No lo había logrado porque era decente. La lista de diferencias entre su trabajo y la presidencia era monumental. La principal era que a él le decían qué hacer, mientras que en Argentina un presidente le decía qué hacer al resto del país. La gente se rio mucho con su intervención.

Belkis Jaso dijo que el suyo era el trabajo perfecto. Toda la vida había querido ser directora de departamento y lo había logrado después de innumerables sacrificios, porque nadie le había dado nada gratis en la vida. Sus padres eran de origen humilde, pero muy trabajadores. Jamás habría aspirado a la presidencia de la república —demasiada responsabilidad— ni a ningún otro trabajo que no fuera el suyo. Le gustaba tanto que seguiría haciéndolo de ganar la lotería.

Marcelo Silva contó que de niño quiso ser futbolista y hasta jugó en la división juvenil preferente en Chile, pero en la universidad consiguió una pasantía en la compañía que le cambió la vida. Al año de entrar lo contrataron como especialista, a los dos lo ascendieron a gerente, después a director de departamento y al cabo de tres años, y gracias a una iniciativa personal de Míster Gamble, a vicepresidente, posición que lo satisfacía por completo, especialmente en lo que concernía a tratar con gente. Tenía que admitir que su equipo estaba integrado por gente magnífica. Se trataba, sin lugar a dudas, del mejor equipo de la industria, por no decir del mundo, lo cual parece exagerado, pero no lo es, y se podía explicar dada la cultura inclusiva de la compañía. Basta con mirar a la competencia, tan mediocre, tan limitada, tan poca cosa.

Cuando le llegó el turno a M, dijo que era especialista de departamento pero que le habría gustado ser médico. Desafortunadamente no lo habían aceptado en la escuela de Medicina sino en la de Mercadotecnia. Las diferencias entre su trabajo ideal y su trabajo real eran pocas, porque se pasaba la mitad del tiempo en la oficina diagnosticando enfermedades y curando enfermos y la otra mitad haciendo profilaxis. De todos los testimonios, el suyo fue el único que sonó sincero, aunque se trataba de una soberana mentira.

Martín citó a M en varias ocasiones durante un discurso sobre atrapar sueños, que era diferente de seguirlos, porque no se trataba de forzarlos, sino de adaptarlos a las circunstancias para hacerlos realidad sin grandes traumas. La clave estaba en tres palabras que escribió con tiza en un pizarrón verde con caligrafía infantil: "perseverancia", "planificación" y "disciplina". Por ejemplo, si se quería ser médico y se terminaba siendo gerente de departamento, había que asumir los proyectos como casos y a los colegas y proveedores como pacientes. Incluso convenía adoptar el lenguaje médico en el lugar de trabajo. Pero no bastaba con ello, Martín recomendaba pensar en alternativas relacionadas con el trabajo ideal que fuesen realizables. En el caso de la medicina, disciplina que requiere tantos años de estudio, podía uno convertirse en un especialista en tratamientos alternativos, tipo acupuntura u osteopatía, cosa que se podía lograr con "perseverancia, planificación y disciplina". Él mismo se había convertido en cinturón negro de jiu-jitsu en un proceso lento pero constante que le llevó siete años. Un proceso "disciplinado" en el que siguió un "plan" que definió desde el principio: "Aquel que sigue su sueño con perseverancia, finalmente lo atrapa, y el proceso, al no ser forzado, puede resultar sumamente satisfactorio y productivo, ya que se convierte en una suerte de turbina, que no motor, que lo congracia a uno con la realidad y se materializa en lo que se conoce comúnmente como un círculo virtuoso, figura opuesta al círculo vicioso que no nos incumbe en este momento. El círculo virtuoso genera energía positiva no sólo en el plano individual sino en el colectivo. La clave está en conjugar los intereses personales con los de la compañía. Pero no perdamos un instante más y pensemos en nuestro sueño, visualicémoslo, imaginémonos allí, en ese territorio que queremos conquistar, en nuestro consultorio médico o nuestra cancha de fútbol. Hagámoslo como un ejercicio de proyección. Dediquemos los próximos minutos a visualizar el oasis de nuestro deseo. Cerremos los ojos e imaginémonos allí. Atrevámonos".

M se imaginó en un oasis típico: un campo de palmeras y manantiales rodeado de unas enormes dunas de arena amarilla. Y en el centro del oasis, un arroyo. Y en el arroyo, un equipo de producción que, bajo su dirección, grababa un video porno en el que un jefe beduino satisfacía a un harén que a su vez se satisfacía a sí mismo.

El resto de la mañana lo pasaron haciendo ejercicios compendiados en el libro de Martín. En uno trataban de atravesar una papa con un lápiz sin punta para demostrar el poder de la concentración y la fe en uno mismo. El truco consistía en hacerlo de un tiro, sin pensarlo, pero el verdadero truco sólo lo sabía Martín. En otro ejercicio se separaban en parejas de más o menos la misma altura y peso, se paraban uno frente al otro con los pies fijos en un punto e intentaban tumbarse usando el dedo índice de la mano izquierda, o derecha si se era zurdo, para demostrar cómo la verdadera fuerza reside en la mente y no en el cuerpo.

Al final de la jornada almorzaron asado con vísceras abundantes y un queso provoleta para chuparse los dedos. Bebieron un tinto de Mendoza que le cayó muy bien a M y lo metió en un túnel conectado con la borrachera de la noche anterior. Si hubiera sido por M y Ezequiel, se

habrían pasado la tarde cantando, pero tenían que regresar para llegar a tiempo al aeropuerto. Antes de irse, M tuvo una conversación intensa con Martín que ambos habrían de rememorar en un encuentro futuro.

El viaje de regreso fue corto porque no había casi tráfico y el chofer iba a una velocidad insólita. Se lo pasaron conversando sobre cómo la falta de sentido común afectaba la rentabilidad del departamento. Enumeraron pequeños ajustes que sin lugar a dudas mejorarían la situación, pero que implicaban confrontar al sistema y, por tanto, despertar al monstruo —riesgo que nadie en su sano juicio estaba dispuesto a tomar—, pero también admitieron que si Míster Gamble había dispuesto que las cosas fueran así, era porque estas obedecían a una lógica superior.

Llegaron a Buenos Aires a la hora planeada. Dejaron a Ezequiel en el hotel (era el único empleado local que los acompañaba) y siguieron rumbo al aeropuerto. Al salir de la ciudad, Belkis y Marcelo se quejaron del frío. El chofer les explicó que Ezeiza estaba en una zona alta, tanto, que cada cinco años nevaba. En Ezeiza pasaban cosas extrañas, agregó el chofer sin que le preguntaran; algunas muy fuertes, como la masacre de 1973, cuando los militares emboscaron a los montoneros y se los echaron a sangre fría allí mismo en el bosque que veían a su derecha: "Como a cincuenta se echaron. Los rodearon de noche y los volvieron carne molida. Recuerdo ese día como si hubiera sido hoy".

Al llegar al aeropuerto, M se dio cuenta de que no había llamado a Tammie en dos días. Ni siquiera le había comprado un regalo. Sobre lo primero no podía hacer nada, excepto culpar al exceso de trabajo (la única excusa que funcionaba con ella). En cuanto al regalo, le quedaba la opción del puerto libre. La peor de las opciones por lo caro, pero absolutamente ineludible, porque Tammie estaba acostumbrada a que le llevara regalos de sus viajes de negocios. Terminó gastando 200 dólares en una cartera de cuero teñido de púrpura que Belkis le recomendó con entusiasmo, además de aprovechar y llevarse dos botellas de Old Parr a mitad de precio.

2

M duplicado
Miami, 2013

La primera señal es la habitación a oscuras. La segunda, ver a Tammie y a Chris metidos en la cama. Tammie, enrollada en el edredón como una oruga; Chris, paralizado boca arriba. La última señal son los ronquidos leves de Tammie y la respiración apurada de Chris. Sólo entonces, cuando M está seguro de que su esposa e hijo duermen, arranca con su ritual nocturno: asegurarse de que las luces estén apagadas, servirse un vaso de agua, sentarse frente a la computadora, ponerse los audífonos, ajustar el nivel de seguridad del navegador y entrar a uno de dos sitios gratis, conocidos, casi confiables. Uno de los sitios se llama youporn.com. El otro, xhamster.com. Hay un tercero que visita menos y se llama pornhub.com. En realidad hay muchos. Sitios donde la gente comparte videos sin dejar rastros porque corren en servidores externos. Sitios limpios.

Otras personas rezan o ven tele antes de dormir. Algunas, la minoría, leen. M ve porno. Sufre cuando no lo puede hacer: da vueltas como un perro cazador y se sienta en la silla plegable del balcón a ver la luna, si hay luna, y el parche de mar, si la oscuridad se lo permite, y mientras respira la brisa oceánica o el aire cerrado de las tormentas, edita videos en su cabeza; secuencias

26

Frankenstein con tomas imaginarias que lo excitan un montón; pero esa noche Tammie y Chris duermen profundamente y M busca videos en orden alfabético. Amateur, Anal, Asian. Arrancando por las novedades. Bondage, Bukake. Pasando por los populares. Mature, MILF, Nordic. Olfateando presas con los ojos.

Cada noche, desde hace tres años, M ve porno sin que pase nada. Nada de nada. Hasta esa noche, la noche que habría de arruinarlo todo. Una noche como cualquiera: el ventilador de la computadora se prende y se apaga. El motor del aire acondicionado hace lo mismo. La bolita de papel higiénico a mano frente al monitor. Categoría: Teens. Subcategoría: Pink. Los actores podrían ser menores de edad. Los productores los buscan así, comedores de caramelos, chicas con tetas de limón. M se siente un poco incómodo, pero algo lo impulsa a seguir, un calor prometedor que no dura mucho, porque imagina a un comando SWAT que tumba la puerta del apartamento y lo apresa con pruebas irrefutables de que los actores que ve son menores de edad y, si bien M no tiene ningún tipo de responsabilidad en el asunto —lo único que hace es ver videos gratis—, se lo llevan esposado. Pero el remordimiento le dura poco y M sigue buscando hasta dar con una flaca muy blanca, rubia esquelética, demasiado flaca para las tetas que son operadas, bien operadas, casi naturales. Con ese cuerpo es imposible que las tenga así de grandes.

Y el muchacho es un rubio de dientes equinos metido en una camiseta gris, pero parecen acróbatas en vez de amantes y la muchacha se ve incómoda. M insiste en rastrear a la actriz. Quizás se desempeñe mejor con otro actor. Las jóvenes no son las mejores actrices, a menos que trabajen con sus novios y se olviden de que las están grabando, o que tengan talento natural, pero esos casos son raros. Como la muchacha no tiene nombre artístico, será difícil localizarla. No la encuentra entre los videos sugeridos por el sistema ni entre los más vistos de la subcategoría. Será actriz de un solo video, reservada a otro destino, un burdel en Estambul, una casa en Sarasota, donde vivirá con un señor amable, bebedor de cerveza, podador de grama. Mejor seguir buscando sin pensar mucho y M se topa con un video sucio, mal acabado adrede para dar la idea de que es casero. La iluminación es verdosa, la definición pobre y la chica una pelirroja que tiene dos verrugas diminutas en el torso que parecen pezones y que en sí no son bonitas, pero que inflaman a M. Pelirroja inofensiva, flaca con curvas, linda, linda. Se afana con gusto, ¡qué gusto!, ¡cómo se afana!, y el muchacho es talentoso. No pueden tener experiencia. A esa edad no pueden tener experiencia. Excelente actuación la del muchacho, que lleva el paso. No, no es él. Es ella quien lo lleva. Siempre son ellas quienes llevan el paso. Hasta cuando se arrodillan lo llevan. El muchacho parece enamorado, la atraviesa con la mirada. Ella se abre, un homenaje, y él le mete una verga formidable. La cara de placer. La cara de placer. Los gemidos, bajos, entrecortados, como de ciervo herido. Oh my God. Quien manda es ella. Siempre mandan ellas. Y cómo manda. Las contorsiones, los jadeos, las expresiones, cada movimiento, cada gesto cobra sentido dentro de siete minutos redondos, inquebrantables, y por un momento, M se siente en la habitación de hotel de una estrella, al borde de la cama apretada de hierro negro, como si pudiera tocar los puntos oxidados y jalar la sábana de poliéster y coger las bragas rosadas que guindan al borde del colchón. Quiere ver el final. Volver a verlo antes de terminar de verlo. Así de bueno es el video.

Casi satisfecho, M se apresta a acabar con los chicos, pero justo al final, en la parte en que la muchacha pone cara de bestia domada y saca la lengua, el muchacho lo arruina todo: mira a la cámara desencajado, busca al director, o a un camarógrafo, o a un amigo; pregunta con los ojos si lo ha hecho bien; pide aprobación con un gesto sumiso y cruza la mirada con M, que en ese momento se da cuenta de que el muchacho no busca a nadie en el estudio, sino a él mismo, porque son idénticos. M se encuentra duplicado en un video porno.

El software que tiene es pésimo, no lo deja hacer nada y para colmo, el archivo es de baja resolución. M hace acrobacias con la computadora para aumentar los detalles: el glande, las pecas en los hombros, las cejas, los dedos de la mano. Compara lo que puede allí mismo frente al monitor y, cuando se trata de un rasgo delicado, como el tamaño de la erección, se mete en el baño y compara de memoria, pero las imágenes se le escapan irremediablemente. No es para menos. Tiene cuarenta y tres años y el muchacho del video podría tener diecisiete.

El reloj de la computadora marca las tres y veinte de la mañana. M se sabe condenado al insomnio. Dispone meterse en la cama a las cinco y cincuenta, justo antes de que salga el sol, y así evitar que Tammie lo encuentre desvelado y lo interrogue. También va a llamar a la oficina para reportarse enfermo y tomarse tiempo para aclarar las cosas con calma. Dirá que tiene dolor en los huesos, sudor frío y la garganta inflamada.

Un método. Necesita un método para mantener la objetividad, como si estuviera resolviendo un problema en el trabajo. Regresa al balcón a tratar de calmarse. Afuera hace un calor incompatible con la noche. Suda a chorros en la espalda y las palmas de la mano. Ve el cielo nublado y oscuro, aspira el aire marino y deja que imágenes del video se sucedan en su cabeza como un tren sin frenos. Sabe que cualquier cosa que concluya en ese momento puede cambiar y que debe esforzarse por mantener la cordura hasta entender bien lo que está pasando.

A las cuatro y quince minutos, en un ataque repentino de lucidez, produce una tabla comparativa de tres columnas en Excel: Columna 1: "Muchacho". Columna 2: "Yo antes". Columna 3: "Yo ahora", y transcribe veintiún rasgos comparables. Comienza por los que se usan para comprobar la identidad de un criminal: estatura, peso, color de pelo, forma del rostro, color de los ojos y marcas distintivas, que copia de la página de internet de los fugitivos más buscados por el FBI. Completa la lista con categorías que se le antojan útiles, como el tipo de pelos corporales o el tamaño y la forma de las tetillas.

Compra el video para poder trabajar con una versión de alta resolución. Le cuesta veintisiete dólares pagaderos a Circe Entertainment. También compra un software que promete aumentar imágenes y correr clips en cámara lenta. Cincuenta y siete dólares pagaderos a download.com.

El relojito de arena virtual gira sobre sí mismo en una esquina del monitor hasta que el software nuevo se instala. Lo prueba. Pasa el video en cámara lenta, aumenta imágenes, guarda cuadros en formato jpeg. En el apuro se le olvidó confirmar el origen del software. Podría pertenecerle a alguna filial de la compañía. No le gustaría que su historia quedara archivada en los servidores internos. Exagera. Ninguna compañía está autorizada a disponer de la historia de los usuarios sin un permiso judicial. Está demasiado nervioso. Tiene que calmarse.

El nuevo software es buenísimo: le permite aumentar las imágenes hasta tres veces su tamaño sin que se conviertan en puntos de colores. M se pierde en el pubis naranja, en los pelos enrollados y suaves, en la flor gruesa y mojada y en las verrugas pezones, que parecen botones mágicos para entrar a un mundo mejor, pero el recuerdo del doble lo hace recobrar el sentido y dedicarse a lo importante: documentar los rasgos de la lista comparativa en un proceso que, quizás por lo tedioso, lo termina calmando.

A las cinco y cincuenta, tal como lo había planeado, se mete en la cama. Ensaya en silencio las palabras exactas que le va a decir a Tammie cuando suene el despertador. Intenta dormirse imaginándose en un juego de béisbol: es el lanzador y poncha a los bateadores con una combinación de rectas y sliders. Luego se imagina futbolista, uno que dribla al equipo contrario en su totalidad y mete goles de chilena centrados por él mismo, pero el campo se convierte en un bosque oscuro y los jugadores en seres mitad hombre, mitad saltamontes, cuando, contra todos sus pronósticos, cae dormido.

*

M recita sus líneas con voz escamosa al levantarse: dolor de huesos, sudor frío, se siente fatal. Tammie le reprocha haber escogido ese momento para enfermarse y le pregunta qué espera para arrancar con su rutina matutina: servir desayuno, lavar los platos, llevar a Chris a la escuela. M se siente muy débil. Preferiría no vestir a Chris para evitar contagiarlo. Tammie cede, persuadida por el argumento de un posible contagio. Lo único que le pide es que lave las sábanas con el detergente antibacteriano apenas se sienta mejor, o que más bien las deje sobre la lavadora, porque seguro se confunde de jabones, y que duerma esta noche en el sofá y desinfecte las superficies que toque, y, si se mejora, que busque a Chris en la escuela, y si va a la farmacia a comprar un remedio, que aproveche y compre vitamina C de la natural de mil miligramos, y dos potes de desinfectante instantáneo Purell del verde, el que tiene aloe vera, y que tome mucho líquido. M promete obedecer y le pide el teléfono. Tammie le lanza el aparato para evitar contagiarse, aunque se trate de una precaución inútil después de haber dormido juntos. Lo más seguro es que ya esté contagiada. Es matemático, siempre que se mete un virus en casa termina contagiada.

M llama a la oficina desde la cama, se excusa por razones de enfermedad y se vuelve a cobijar. Esta vez duerme sin soñar hasta pasadas las once y se levanta descansado. No entiende por qué se puso tan nervioso la noche anterior si no hizo nada malo. Se sirve un café negro ahogado en azúcar y se pone a trabajar en la tabla comparativa para salir de dudas de una vez por todas. Si tiene un doble, lo mejor es saberlo, y entonces, sólo entonces, sopesar las consecuencias y hacer lo que haya que hacer. Al fin y al cabo, ¿cuál es el problema? ¿Qué le podría pasar si tuviera un doble? Quizás todos tengamos uno sin que eso signifique nada. El parecido físico no implica un parecido sicológico. Si no, pregúntenles a los millones de gemelos que hay en el mundo y que son tan diferentes. Y si es su doble, ¿qué va a hacer? ¿Llamarlo por teléfono? ¿Dónde se consigue el número de teléfono de un actor porno? Ni siquiera sabe dónde hicieron la película. Quizás tenga más de un doble. Triples. Eso sería original, tener triples. Inútil, cualquier cosa que piense es irrelevante sin una confirmación definitiva. La tabla comparativa es la prioridad. "Muchacho", "Yo antes", "Yo ahora", veintiún categorías y, peca a peca, M descubre que en realidad las coincidencias son pocas. Por ejemplo, medida erecta, su verga es más grande que la del muchacho, un centímetro mayor por lo menos, cosa que lo hace sentir muy bien, y eso que ha sido conservador en sus cálculos. Y el color de su glande es rosado, en contraste con el del muchacho, que es más bien morado, pero eso no queda claro porque el tono podría estar alterado por la saturación del video. Lo que sí está claro es que la manzana de Adán del muchacho es el doble de gruesa que la de él. De eso no cabe duda. En cuanto a la forma del rostro, rasgo esencial al momento de compararse según el FBI, el muchacho lo tiene cuadrado y M ovalado. La tabla indica que apenas coinciden en cuatro o cinco categorías, incluyendo la altura (que no es precisamente la más fácil de corroborar), el tipo de pelo y los huecos en las mejillas al sonreír. Curiosamente, M está convencido de que tienen la misma mirada, aunque no exista manera de medir una mirada.

Está envejeciendo más rápido de lo que pensaba. Los rollos en la barriga, las canas, las entradas, el grueso de las piernas, los pelos de la nariz, que se arranca con las manos todas las mañanas después de afeitarse. No está tan acabado como algunos de sus amigos. Eddie, por ejemplo, se ve de cincuenta, aunque tengan la misma edad, y eso que Eddie se viste de adolescente, con zapatos Camper de cien dólares y camisetas estampadas por diseñadores de moda. Quizás por eso mismo Eddie se vea tan viejo, por el contraste entre su panza y su pinta. Las trotadas ocasionales y la máquina elíptica le han servido de algo si se compara con Eddie, pero no lo suficiente si se compara con Luigi, que se ve como un bebé. Hasta cuadritos en los abdominales tiene el desgraciado. Pero Luigi siempre se ha cuidado y Eddie no es punto de comparación. Eddie es un desastre. A Eddie todo le sale mal. Mejor referencia es Luigi, que corre maratones y hace toneladas de dinero.

Necesita redoblar sus sesiones de ejercicio, comer menos pan, beber menos cerveza y más agua, eliminar helados y chocolates, dormir más horas, tomarse la vida con calma. Busca fotografías para verse cuando tenía veinte años y compararse con el chico del video, pero no las consigue. Tammie guarda las cosas en sitios peregrinos bajo un orden estricto que ella considera lógico, pero que M nunca ha podido descifrar. Los archivos, por ejemplo, no los ordena por orden alfabético o temático, sino por colores que comprenden temas y prioridades arbitrarias: el rojo corresponde a asuntos urgentes, pero el amarillo, en lugar de cubrir asuntos importantes, a punto de convertirse en urgentes, como habría de esperar siguiendo la lógica universal del semáforo, está dedicado al acopio de manuales y garantías de artefactos eléctricos.

M se vuelve a preguntar por qué se le metió en la cabeza que el muchacho del video podía ser su doble y por qué, aun después de verificar las categorías en la tabla y tener la certeza de que son diferentes, sigue inquieto. Estrés laboral. Cansancio. Y la fuerza del video. Hay algo en el video que no puede precisar y que lo desconcierta.

A las dos de la tarde, M se da cuenta de que no ha hablado con Tammie y la llama. Tammie le recuerda que deje la ropa de la cama encima de la lavadora y desinfecte todo lo que haya tocado, comenzando por el teléfono que tiene en sus manos. Ha tenido un día atareado por haber llegado tarde y debe colgar ya, a no ser que M tenga algo importante que decirle. M no tiene nada importante que decir, aparte de que se está sintiendo mejor. Cuelgan y M va directo a arreglar la cama, no sea que se le olvide.

Tiene hambre. Se prepara un sándwich tostado de jamón y queso con rodajas de tomate delgadas y se sirve una Coca-Cola de dieta. Vuelve a ver el video para sepultar dudas. La cara de la muchacha, transportada. Su piel blanca, lisa, pulida. La temperatura de la habitación, helada, como si estuviera nevando, pero a los chicos no les importa que haga frío; por el contrario, el frío los acerca, los lleva a abrazarse y hacerse cosquillas, y eso lo sabe M sin necesidad de verlo, porque en el video no se hacen cosquillas sino que juegan con unas almohadas antes de coger. M se hace una paja grande, liberadora, casi polvo, de gotas abundantes y cremosas. Llevaba tiempo sin ver un video tan bueno. No, mejor dicho, nunca había visto un video que lo excitara tanto.

Sale al balcón y ve un cielo que se confunde con el mar. Se pierde pensando en sus vidas posibles, en lo que hubiera sido de él si no hubiera tenido a Chris; en cómo serían las mellizas de Luigi si hubieran nacido; y en la extraña pesadilla que tuvo con ellas aquel día fatídico. Hoy en día las mellizas tendrían la misma edad de Chris, ocho años, pero no están aquí y lo que pasó fue simplemente eso, una pesadilla.

Decide trotar tres millas a la orilla de la playa para terminar de relajarse. Se pone shorts y zapatillas y se cubre la espalda con crema protectora hasta donde le llegan los brazos. Vista así, sin el escándalo de los turistas, la playa es un lujo. Esta vez trata de trotar un poco más rápido de lo normal. Aspira el aroma higiénico de la crema protectora. Siente el roce del sol que le dora suavemente el torso. Observa las torres recién construidas con sus apartamentos de lujo que parecen lanchas voladoras. Cuando lo ascendieron a gerente pensaba que día iba a vivir en una de esas vitrinas aéreas. Ya han pasado casi diez años y se siente igual de lejos que entonces. Le cuesta trotar al principio, pero se esfuerza con la intención de quemar la tensión de la noche anterior. Una capa de sudor lo cubre de pies a cabeza. Termina su circuito en veintiocho minutos. Buen tiempo. Estira las piernas en la orilla y se zambulle en el agua quieta. Siente como si se hubiera despertado por segunda vez en el día. Aguanta el aire, se vuelve a sumergir y nada por debajo del agua hasta una boya anaranjada. Le gusta nadar debajo del agua. Al llegar a la boya se pone a flotar boca arriba. Siente que el agua salada lo sostiene como una tabla que flota a la deriva. El sol lo encandila, cierra los ojos y piensa en lo pequeño que es al lado del mar. Vuelve a sumergirse y toca la arena del fondo con la mano. Abre los ojos debajo del agua y recuerda la mirada desencajada del muchacho del video, la manera en que parecía llamarlo, pedirle que lo buscara.

3

El baile de Míster Gamble
Miami, 2004

La convención anual es el evento más importante de la compañía. Míster Gamble, presidente y fundador, se asegura de dedicarle por lo menos un momento de atención exclusiva a cada uno de los cientos de empleados que asisten a la convención, y esos encuentros, por breves que sean, pueden hacer o destruir una carrera. M se entusiasmó mucho cuando Belkis y Marcelo le informaron que había sido elegido para producir la edición del 2004 en el Hotel Eden Roc de Miami Beach. El proyecto era complejo y se complicaba aún más por lo exigente y detallista que era Míster Gamble, pero si lo hacía bien se aseguraría el futuro. Estaba frente a la oportunidad de su vida.

La primera decisión que tomó fue contratar a Luigi, un amigo dispuesto a responder por igual si el barco flotaba o si se hundía y que, de paso, se iba a ganar unos sesenta mil dólares por el trabajo. Juntos se trazaron un plan conservador con un toque de osadía. No bastaba con repetir el trabajo de años anteriores: redactar discursos predecibles y ensayarlos con los ejecutivos, sino que esta vez incorporarían dos golpes de efecto, uno al principio y otro al final de la jornada, que, de salir bien, impresionarían a Míster Gamble y catapultarían sus carreras. Para arrancar presentarían un video basado en Monsters, Inc., la película animada de Disney. Luigi había hecho varios trabajos de ese tipo para otros clientes con excelentes resultados. La fórmula era sencilla: tomar una película popular y doblarla con las voces de los empleados sin seguir un guion. Según Luigi, la trama era lo de menos: lo importante eran las caracterizaciones. Los personajes tenían que resultar cómicos y cónsonos con las personalidades que representaban. Por ejemplo, Marcelo, uno de los empleados más queridos y prometedores de la división, sería el protagonista, un monstruo azul que parece un peluche. Belkis Jaso, que era muy nerviosa, sería una niña asustadiza. Ezequiel, con su fama de entrometido, un bicho verde con cabeza de ojo, y así por el estilo.

M le entregó el alma al proyecto. Él mismo entrevistó a los empleados para grabar sus voces sin que sospecharan que las manipularían. Los despistó con la excusa de que el guion del video de ese año había sido escrito por Míster Gamble en persona y por tanto debían leer en voz alta sus líneas sin hacerse preguntas, aunque les sonaran un poco disparatadas, y que tenían hacerlo de manera expresiva, como si estuvieran actuando. Los empleados, que solían llegar entre tímidos e inquisitivos al estudio, terminaban entregados en cuerpo y alma al micrófono, como si hubieran descubierto que su verdadera pasión era la locución (más de uno lo expresó así).

Una vez completadas las grabaciones, M se dedicó de lleno a trabajar con un dibujante en el story board. Lo hizo modificar por lo menos siete veces (las tres últimas por motivos menores que en nada afectarían el video) antes de pasárselo al departamento legal y a la oficina de Míster Gamble, quien lo hizo modificar otras tantas veces. Para completar, M también contrató a unos animadores que habían trabajado en el pasado con Disney, y se dio el lujo de producir música original en lugar de utilizar música de archivo. Al final se encerró cuatro noches en una sala de posproducción en un proceso que pasó de la frustración absoluta a la satisfacción total un miércoles a la una y media de la mañana, cuando al ver la secuencia final no sólo se rio de principio a fin, sino que tuvo la sensación de que el video había sido dirigido por otra persona.

La segunda sorpresa, más arriesgada que el video por tratarse de un acto en vivo, se la copiaron de la comedia romántica inglesa Love Actually. La idea era esconder a los músicos de la orquesta de Arturo Sandoval entre el público, trajeados como si fueran empleados, y al final del último discurso, ponerlos a tocar instrumento por instrumento hasta envolver a los asistentes en un mambo que los pondría a bailar allí mismo. Podían contar con ello por la presencia abundante de empleados caribeños. Para completar, cuando la fiesta estuviera armada, siete acróbatas del Cirque du Soleil, que por esos días se presentaba en la ciudad, se iban a lanzar del techo a hacer maromas entre la gente y terminar de encender la fiesta. Nunca nadie había organizado un evento así de osado en la compañía, acostumbrada, como toda compañía, a repeticiones y propuestas conformistas.

La convención arrancó a las nueve en punto de la mañana. Trescientos veintisiete participantes, plana mayor incluida, recién levantados; olorosos a pasta de dientes, café y colonias; enterrados en las butacas del auditorio; dispuestos a entregarse al letargo habitual de los discursos, pero que en cambio se encontraban con las imágenes de Monsters, Inc. y con ellos mismos, con sus voces y gestos salidos de aquellos monstruos animados idolatrados por sus hijos. Olas de risa. Olas de aplausos. Gritos infantiles. La sonrisa bendita de Míster Gamble, que tranquilizaba a M, pero sólo por unos minutos, porque justo cuando estalló el primer aplauso, cuando su triunfo se hizo evidente, comenzó a sentir una vibración en el glande, un ardor leve, constante, persistente, una suerte de quemadura. La sensación se mantuvo durante los discursos, que terminaron aclamados sin excepción, y empeoró al final, cuando los acróbatas brincaron del techo y Ezequiel se materializó a su lado para felicitarlo y le preguntó si se sentía mal, porque lo notaba un poco nervioso. Ni siquiera el baile tieso de Míster Gamble (el punto más alto al que pudiese aspirar un empleado) le quitó a M las ganas de regresar al baño por quinta vez a verse las llagas que le había pegado Belén en Buenos Aires y que, por más que buscaba, no encontraba.

M, como imán de felicitaciones, de palmadas en la espalda.

M, que hubiera preferido escaparse, encerrarse en el baño de su casa a escrutarse con calma con el espejo lupa de Tammie.

El orgullo de Marcelo y Belkis ante el triunfo de su empleado.

La insoportable presencia de Ezequiel, que le decía, mitad en broma, mitad en serio, que le tocaba retribuirle el favor y llevarlo de putas en Miami, cortesía de la compañía.

La alegría de Luigi, que se terminaba de establecer como proveedor de confianza por la puerta grande y en el momento preciso: dos meses antes del nacimiento de sus mellizas.

Y sobre todas las cosas, el encuentro con Míster Gamble:

Marcelo los presentó refiriéndose a M como "el culpable del desastre del día". Míster Gamble lo vio directo a los ojos con sus pequeñas pupilas verdes y le dijo que desde hace tiempo lo quería conocer en persona: "Eres una persona muy especial. Me consta que tienes dentro de ti un germen que nos va a cambiar la vida a todos. Hay que tener paciencia para que brote del todo, unos añitos diría yo. Que te quede claro: nuestra relación es a largo plazo. No te satisfagas con los triunfos de los próximos meses, por más grandes que parezcan. No serán nada comparados con lo que nos espera al final del camino. Tammie es una mujer afortunada de tenerte". M le dio las gracias y le preguntó si conocía a Tammie. Míster Gamble le dijo que no la conocía, pero que tenía el don de aprenderse de memoria el nombre de los familiares cercanos de sus empleados.

Ascenso inminente.

Mínimo, cien mil dólares al año.

Bono de treinta por ciento.

La protección de Míster Gamble.

Marcelo dispuso celebrar el triunfo de M en el bar del lobby con el equipo en pleno, por supuesto, y con Luigi, que ya era como de la familia. Pidieron martinis por sugerencia de Belkis, que les contó que Frank Sinatra acostumbraba a quedarse en el Eden Roc cuando venía a Miami, no porque le pareciera un buen hotel, sino por su afición a los martinis que preparaban en esa misma barra, y les habló de la arquitectura del edificio: estructura arquetípica del estilo art déco, famosa, sobre todo, por su escalera curva, larga, como de película de Hollywood, reminiscente de un piano, diseñada con una intención decorativa y que tiene la peculiaridad de no conducir a ningún sitio.

4

Sebastián
Miami, 2013

M y Tammie almuerzan en el 900 todos miércoles, el restaurante argentino-italiano de Brickell frecuentado por los oficinistas de la zona. Esta vez lo hacen con Rina, la esposa de Luigi, que vive en el vecindario y a veces los acompaña. M come un lomo de res a la parrilla con vegetales. Tammie y Rina el especial del día: filete de mero a la plancha acompañado con risotto. Hablan de los temas habituales: las escuelas y los summer camps de los niños, los proyectos de Luigi —más aventuras que proyectos— y, antes del postre (panqueques con dulce de leche), abordan con escrupulosidad ritual un tema que los apasiona: la vida de Claudia y Eddie Heredia:

—¿Cómo hace Claudia para vivir del arte, y en Londres que es tan caro? —pregunta Rina. Yo creo que en el fondo están pasando hambre.

—Vende sus obras en una galería, las carteras enmarcadas, y parece que tienen salida —responde M.

—A mí me daría pánico vivir así —dice Rina, haciendo un esfuerzo por taparse la boca con una servilleta—. Sin niños uno puede hacer lo que le dé la gana, pero ellos tienen a Sebas. Yo nunca expondría a mi Cata de esa manera. Claro, yo soy muy miedosa, ustedes saben por qué; pero tampoco diría que Claudia y Eddie son tan felices.

Fíjense en la obsesión que tienen con la comida. Dios mío... Siempre mandan fotos de cenas y fiestas. Yo creo que en el fondo están pasando trabajo.

—¿Y las pintas de Eddie? Son un poema. Le ha dado por disfrazarse de futbolista ¡Con esa panza! —dice Tammie, mientras muestra una foto en su teléfono de Eddie borracho y embutido en una camisa del Arsenal.

—Pobrecito. Es un pobre hombre. Ese es su problema. Es demasiado bueno —dice Tammie.

—No los veo desde que se fueron de Miami. Cómo pasa el tiempo, ¡ya van a ser diez años! Ojalá pudiéramos acompañarlos, pero me da pánico meter a Catica en ese sótano. Tú sabes cómo quedé de tocada con la operación. Pensar que las mellizas tendrían la edad de Chris ahora... ¿Dónde se quedan? —le pregunta Rina a M.

—En un Hilton en el centro — responde M.

—Luigi y tú se dan la buena vida con esa compañía. Se van de viaje nada menos que a Londres, y se quedan en tremendos hoteles.

—Suena fácil, pero hay que estar allí. No tienes idea de la cantidad de trabajo que tenemos — dice M con seriedad.

—Sí, mucho trabajo, ya me imagino. Seguro Luigi y tú se fajan. Por cierto, ¿han visto las fotos de la novia de Sebas? Parece una muñequita rusa. Es una niña como de Europa del Este, de lo más linda. ¿Cómo habrá hecho Sebas para levantarse a una muchacha tan bella con lo echadito a perder que está? —pregunta Rina antes de circular su teléfono.

—No digas eso que Sebas sale lindo, parece otra persona. Sebas es lo único que se puede rescatar de esa familia. Si no fuera tan raro, porque hay que admitir que es raro. Pero es bello, y la muchacha es hermosa. A mí se me parece a Milla Jojovich con curvas —dice Tammie.

M se pregunta qué sucedería si siguiera el ejemplo de los Heredia: dejar de pagar la renta, ignorar las cuentas, cargar las tarjetas hasta el límite y comprar un boleto sin retorno a Londres. Hacer una obra de arte. Londres. Eso le da ideas. Entonces coge el teléfono de Rina y se queda pasmado al ver una foto de Sebas con su novia. La aumenta, la voltea, la vuelve a reducir como esperando que la imagen hable, que se justifique. No cabe duda: La piel marmolada; el torso; la boca, ¡qué boca!; el pelo rojo; las verruguitas que no se ven y que M conoce tan bien. El muchacho entregado, formidable; su mirada como pidiendo ayuda. M no dice nada. No tiene nada que decir. Mucho menos a Tammie y Rina, que no entenderían lo que él mismo apenas alcanza a entender. Y así, con la mente desbocada, sigue hablando de los Heredia como si no hubiera pasado nada.

*

La hora formal de entrada es las nueve de la mañana. Las nueve y cuarenta y cinco es lo más tarde que se puede entrar sin ser visto de reojo. M lo sabe y pasa como si nada a las nueve y cuarenta. Saluda a Belkis, que apenas lo mira. Saluda a Alba, la secretaria del equipo, que siempre le da las gracias a Dios. Da los buenos días en voz alta, pero nadie responde. Se sienta en su cubículo y prende la computadora. Se equivoca al registrar la contraseña. Culpa de las mayúsculas que están trabadas. Logra entrar al tercer intento, pero el sistema tarda en cargarse. Se pregunta por qué se confundió a sí mismo con Sebas, y por qué no lo reconoció a primera vista. Tenía muchos años sin verlo, y quizás la familiaridad fue lo que lo confundió, como cuando se tiene una palabra en la punta de la lengua y se confunde con una que no tiene nada que ver.

El cubículo de M es privilegiado, tiene vista a un lago artificial que hierve en vida: tortugas, peces africanos de escamas desproporcionadas, halcones que parecen palomas, palomas que parecen halcones, garzas azules y unas serpientes negras inofensivas que salen de los matorrales al mediodía. En el centro del lago una fuente dispara un chorro altísimo que suele estar torcido por el viento. M acostumbra matar el tiempo asomado a la ventana buscando animales con interés supersticioso. Los clasifica así: halcones, tortugas, peces saltarines y ciertos pájaros (martín pescador, azulejos, cardenales, búhos y cigüeñas) son buenos augurios. Cuervos, buitres, palomas, iguanas de cresta roja, gatos y serpientes son de mal agüero.

Los gerentes de departamento tienen derecho a oficina privada, pero la que estaba disponible cuando ascendieron a M a gerente parecía un armario y terminó optando por un cubículo con ventana que le ofrecieron temporalmente. Casi diez años después seguía en el mismo sitio. En una oficina podría echar siestas como suele hacerlo Belkis Jaso, o cerrar la puerta y rastrear a Sebas sin que nadie se percatase.

Le conviene ser discreto. Evitar sitios prohibidos para que no lo rastreen. Lo último que necesita es una investigación por visitar sitios pornográficos. No se puede dar el lujo de perder el trabajo. Primero visita los sitios obvios como la página de Sebas en Facebook, a la cual no tiene acceso. Lo pide de amigo, pensando que lo podría aceptar rápido por la diferencia de horario con Londres. Lo busca en Google. Hay docenas de Sebastián Heredia: un periodista deportivo, un diseñador, un peluquero, pero Sebas no aparece. Lo busca como actor. Nada. Como actor porno. Nada.

¿Debe contarle a Tammie del video? Mejor esperar a tener las cosas claras para evitar problemas innecesarios. ¿Y a Eddie? Por supuesto, tiene que decirle a Eddie, es lo menos que podría hacer por un amigo, pero después de hablar con Sebas y pedirle que le cuente su historia. No quiere meter a Sebas en un problema sin necesidad. Lo que hizo Sebas tiene mérito. M nunca se hubiera atrevido a salir en un video porno a esa edad. Sebas, en cambio, es un muchacho valiente, dispuesto a arriesgarse de verdad, como hubiera querido ser M de joven. Los tiempos son otros. Hoy en día un video porno no es un estigma. Cualquier actor publica su video casero y si acaso se hace más famoso. La lista es larga: Pamela Anderson, Paris Hilton, Kim Kardashian... Se podría decir que se ha convertido en un prerrequisito para la fama. ¿Y cómo va a justificarse cuando decida contarle a Tammie? La verdad es simple: estaba viendo porno y se encontró con Sebas por casualidad. Ver porno es normal, ¿no? Pensándolo bien, podría decir que recibió un mensaje anónimo. También podría abrir una cuenta de correo electrónico falsa y enviarle un mensaje a Tammie, que con seguridad arma un escándalo. Eso sería terrible. Tiene que respetar a Eddie, y especialmente a Sebas. Es lo menos que puede hacer, respetar a sus amigos. ¿Y si no hace nada? No decir nada. A veces eso es lo mejor que puede pasar, nada. Viéndolo bien, no ha pasado absolutamente nada.

Llega la aprobación de Sebas. ¡Qué rápido! Seguro vive conectado a Facebook. M revisa sus álbumes fotográficos. Se da cuenta de que ya los había visto a través de Tammie y Rina. Sebas parecía un criminal cuando tenía el corte mohicano. Estaba lleno de barros entonces. Eso es lo que lo hacía ver tan feo, los barros. Ahora que tiene la piel lisa y un corte de pelo decente parece otra persona. Se podría decir que es bonito. Su actitud en las fotografías progresa con el tiempo. En las primeras, tomadas cuando estaba recién llegado a Londres en el 2004, era un niño sumiso que a veces fijaba la mirada en el piso. En las recientes mira directo a la cámara con un gesto altivo. Parece un tipo que de verdad está disfrutando la vida. Aquí está con la pelirroja. Hermosa. Tiene unos ojos azules enormes y la nariz angulada. Parece modelo. Su cuerpo es tan sensual que es imposible no pensar en él, incluso en las fotos en las que aparece de los hombros para arriba. Se llama Tadea. Bonito nombre, Tadea.

Le escribe a Sebas pidiéndole su número de teléfono. Sebas responde de inmediato, le dice que está en casa y que espera su llamada. M copia el número en un papelito amarillo y se encierra en una sala de reuniones. Marca desde el único teléfono disponible, uno de los que no tienen auricular y parecen arañas de plástico negras. Sebas contesta al cuarto repique. Su voz gruesa sorprende a M, que lo recuerda con voz de niño. Le pregunta si hay alguien en casa. Está con Tadea, su novia. M le dice que los vio en un video porno. Sebas suena sorprendido, lo niega, se ríe nerviosamente, le pregunta a M si está loco y, como era de esperarse, qué hace una persona seria como él viendo videos pornográficos. Hablan en círculos. M trata de convencer a Sebas de que su única intención es entenderlo, darle la oportunidad de explicarse, escuchar de primera mano por qué hizo lo que hizo y asegurarse de que esté bien. En esa industria explotan mucho a la gente. Se ve de todo allí, de todo. Sebas le vuelve a decir que está loco y cuelga sin despedirse.

M regresa a su cubículo, se asoma a la ventana y ve una imagen perturbadora: una pareja de perros que se le apareció en una pesadilla espantosa años atrás, está paseando de lo más tranquila a la orilla del lago. Son dos ejemplares de una raza de perros enanos que no puede identificar, pero que recuerda a la perfección. M quiere creer que está alucinando, que tiene uno de los famosos flashbacks retardados de la única mandarina que se ha metido en su vida; la del día de su operación. No es normal que haya perros en la laguna, área protegida por el departamento de seguridad de la compañía, mucho menos esas bestias cobrizas que parecen lobos encogidos. Los perros se atragantan con los frutos de una enredadera, unos tomates anaranjados. Acaban con los tomates y se ponen a retozar entre los matorrales, hasta que el macho se le encarama a la hembra y la monta con descaro de bestia salvaje. Un vigilante se acerca, pero vez de atraparlos, les toma fotos con el teléfono y se tuerce a carcajadas.

5

**Primera consulta
Miami, 2004**

El régimen de Tammie le daba justo dos semanas a M. Era bastante sencillo: consistía en comer sano, reducir al mínimo el café y el alcohol, ejercitarse todos los días, limitar las relaciones a las fechas de ovulación y acabar en la posición del misionero para aprovechar la fuerza de gravedad. Por suerte Tammie no ovulaba en por lo menos quince días.

Después de mucho buscar, M localizó el sitio ideal para examinarse en un clasificado del New Times, el semanario gratuito con la agenda de ocio de Miami. El anuncio describía exactamente lo que necesitaba: "Exámenes anónimos, discretos, asequibles. No se necesita cita". Llamó y le explicaron que se trataba de un dispensario público escondido entre las tiendas del South Point y que podía presentarse sin cita previa.

Aunque eran las ocho y treinta de la mañana, hacía un calor de perros. Compró el Nuevo Herald y unos caramelos de menta en un café cubano y se puso en fila frente al consultorio. Le tocó detrás de una adolescente de ombligo desnudo, melena seca y piel maltratada, que parecía menor de edad, y delante de un tipo con cara de gato, de unos treinta y cinco años, que se veía tranquilísimo y que le contó que tenía un estudio de yoga en Aventura. Si un profesor de yoga, apuesto, joven y dueño de su propio negocio estaba en esa fila, entonces era normal que él, empleado corporativo, igual de joven, estuviera allí, pensó M, noción que se esfumó ante la llegada de un jovial grupo de haitianos que parecía haber viajado directo de Puerto Príncipe en un tour médico.

M quemó la hora y media de espera de la fila conversando con el señor de cara de gato sobre Bikram Yoga, un método en boga que consistía en subir la temperatura en el gimnasio a cuarenta grados centígrados para simular la temperatura de la India, hasta que por fin llegó a una sala de espera donde tomó un número y se puso a hojear folletos sobre enfermedades que, por un lado lo calmaban, y por el otro lo ponían más nervioso. Lo tranquilizaban los que se referían a las enfermedades como algo normal, de lo cual no había que avergonzarse y cuya estética pop sugería que estaban diseñados para jóvenes. Lo angustiaban los de índole científica, con sus términos griegos y listas de síntomas. Así se enteró de la existencia de la "clamidia", la enfermedad de transmisión sexual bacteriana reportada con mayor frecuencia en los Estados Unidos y que da una comezón incontrolable. También corroboró que casi todas las enfermedades venéreas se pueden contagiar a través del sexo oral y, por lo tanto, podía tener sida u otro virus incurable, lo cual sería trágico si se trataba de herpes, padecimiento bastante común. Alrededor del diecisiete por ciento de la población estadounidense portaba el virus, aunque la mayoría de los enfermos lo ignorase porque los síntomas no se manifiestan siempre. Según los folletos, de tener herpes le podían pasar tres cosas. La primera, nada: podía ser portador del virus sin que se manifestaran los síntomas. En ese caso el peligro estaba en pegárselo a Tammie, que bien podía desarrollar las llagas. La segunda posibilidad era la de sufrirlo de una manera moderada: una pequeña irritación que podría recurrir en cualquier momento de su vida, porque el herpes, como la malaria, es incurable, aunque en su versión moderada casi no se siente. La tercera opción era verse cubierto de llagas de leproso y padecer un ardor crónico capaz de enloquecerlo.

Cuando llamaron su número, M estaba aterrado. Al contrario de lo que esperaba, no le hicieron ver al doctor de inmediato sino que lo sentaron con un señor amanerado de origen colombiano, entrado en peso, trabajador voluntario, orgulloso, sensible, capaz de conectarse con los pacientes, que le pidió llenar un formulario y le hizo una serie de preguntas, comenzando por la más obvia:

—¿Qué lo trae al dispensario?

—Una molestia en el pene.

—¿Y cuál cree usted que pueda ser el origen de su molestia?

—Sexo casual con una prostituta.

—¿Dónde?

—En Buenos Aires

—¿Usó preservativo durante la relación en cuestión?

—Sí.

—¿Se le rompió el preservativo?

—No, pero tuve sexo oral sin protección.

—¿Como receptor o como sujeto?

—Como receptor.

—¿Siente alguna molestia?

—Me arde el glande como si se me estuviera quemando, siento como si me vibrara.

—¿Y le duele?

—Más que dolor, siento como un ardor, diría yo.

—En una escala del uno al diez, donde el diez es el equivalente al ardor más grande que pueda concebir, como si se estuviera quemando en una hoguera, y el número uno equivale a ningún dolor, como si estuviera dormido soñando con un campo florido, ¿cuánto le arde?

—Siete.

— ¿Y sólo le arde en el glande o le arde en todo el pene?

—Sólo en el glande.

—Y aparte del ardor, ¿tiene alguna marca visible?, ¿ronchas?, ¿hinchazón?, ¿llagas?, ¿manchas?, ¿erupciones?, ¿secreciones?, ¿sangre?, ¿pus?

—Me arde como si tuviera algo, pero no, la piel la tengo igual. Por más que me reviso nunca encuentro nada. A veces creo que la irritación se me quita justo antes de revisarme.

—Aquí pone que usted está casado. ¿Se mantiene activo sexualmente con su esposa?

—Sí, casualmente estamos buscando hijo.

—¿Pero ha tenido relaciones con su esposa después de la relación sospechosa?

—No, para nada. Por eso quiero salir de esto rápido.

El empleado le advirtió que era temprano para obtener resultados definitivos. Lo recomendable era esperar cuatro semanas después de la relación antes de hacerse los exámenes y aún entonces el resultado podía ser errado, dada la frecuencia de falsos positivos, que en el caso de las enfermedades venéreas excedía el cinco por ciento. Si le parecía, podía hacerse los exámenes ese mismo día y repetirlos en un mes. Igual no tenía nada que perder. Así aprovecharía el viaje. Ahora bien, era importante que supiera que en su caso un contagio era improbable: la evidencia de contagio venéreo a través del sexo oral era "inconclusa", por decir lo menos, a pesar de lo que dijeran folletos y doctores. En los años de experiencia del empleado, que eran bastantes, nunca había conocido a nadie enfermo por sexo oral. Ni siquiera de clamidia, que se pega muy fácil. M le dijo que estaba seguro de estar enfermo. Si no, no sentiría ardor. El empleado le sugirió que hablara del ardor con la doctora, pero acotó que, basado en su experiencia, si un paciente no tenía ninguna marca visible era muy posible que padeciera de "culpa sexual", una dolencia bastante común entre hombres católicos y se lamentó de que no hubiese un folleto sobre el tema, a pesar de sus presiones constantes para que lo publicasen: "El problema es que la verdad es inconveniente para algunos poderosos que prefieren meter miedo y vender antibióticos que curar a nadie".

Una enfermera ocupadísima le sacó tres tubos de ensayo de sangre, le pidió que orinara en un frasco de plástico con su nombre escrito a mano en marcador negro y lo escoltó a un consultorio que parecía un laboratorio de biología de escuela pública, algo descuidado, lleno de instrumentos médicos de acero y recipientes de vidrio viejos, pero limpios, como si los hubieran comprado en un mercado de antigüedades y se hubiesen afanado en desinfectarlos.

La doctora, una negra con cara de ardilla de origen haitiano, a juzgar por su acento y su nombre francés, Thérèse, hojeó el cuestionario recién llenado por M y le preguntó qué hacía con una prostituta si estaba casado. M se justificó diciendo que sus acciones habían sido producto de una noche de copas. Estaba allí precisamente por querer enmendarlas. La doctora le dijo que era importante no repetir la experiencia y que había visto a más de un paciente que llegaba con cara de santo y miles de excusas creíbles, pero regresaba a los seis meses con una sífilis en flor.

Ahora mismo había una epidemia de sífilis en la playa, más de doscientos casos, todo un récord en el estado de la Florida, pero eso no era nada comparado con lo que pasaba en Sudamérica, particularmente entre prostitutas. El riesgo de contagio de sida por sexo oral era real, le dijo la doctora, antes de pedirle que se desvistiera y le mostrara el pene.

M pensó que la doctora detestaba su trabajo, que lo hacía para poder vivir en los Estados Unidos, aunque estuviera condenada a examinar cientos de penes al día. La doctora se puso un par de guantes de látex, apuntó su lámpara y lo escrutó con atención de orfebre. Le estiró la piel, jaló el tronco y así se estuvo como cinco minutos, observando en silencio. Cuando terminó le dijo que no veía nada sospechoso, pero que una infección podría manifestarse en cualquier momento dentro de un rango de más o menos dos meses. Convenía que regresara. Sólo faltaba un detalle. Antes de terminar debía tomar una muestra de la uretra. Entonces cogió un hisopo largo, de los que se usan para hacer cultivos de bacterias, le pidió que respirara profundo y, sin ocultar una breve sonrisa, se lo metió por el hueco del glande.

*

Al salir de la consulta, M llamó a la oficina y le dijo a Alba, la asistente del departamento, que el doctor le había ordenado descansar para combatir una enfermedad que prefería no describir por grotesca, pero que afortunadamente no era grave. Alba le dio las gracias a Dios por no tratarse de un mal mayor tipo síncope o derrame cerebral y le dijo que no se preocupara. Ella le avisaría a Belkis y a Marcelo y se aseguraría de atender sus llamadas telefónicas. También le pidió que se cuidara mucho y que manejara con prudencia. M se montó en su RAV4 vino tinto y condujo a la última casa donde vivieron los Heredia antes de mudarse a Londres, un apartamento de dos habitaciones en Meridian Avenue que servía de estudio para Claudia, oficina para Eddie, hogar para Sebas y cantina para quien pasara los viernes en la noche.

Eddie lo recibió con una taza de café recién colado e insistió en mostrarle una pieza promocional que estaba montando para Despachos, el programa del canal Visión Latina. Era para un reportaje sobre una señora que se creía gallina. El material tenía el sonido original, incluyendo el cacareo de la mujer. La señora estaba desnuda, tenía el pelo al rape, la piel húmeda, cubierta con plumas grises y marrones, pegadas desordenadamente en el cuerpo, y movía la cabeza de un lado a otro mientras batía los brazos, como si estuviera bailando el baile de la oca. Eddie le había tapado el vello púbico con un efecto de neblina que la hacía ver más grotesca de lo que era. Lo peor era que la señora de verdad tenía cara de gallina y sus "dueños", unos campesinos guatemaltecos, le lanzaban maíz y le cantaban como si fuera un animal.

M se sintió transportado al sitio. Se imaginó el olor a gallinero y los alaridos de los monos al caer la tarde y sintió un ataque de náuseas que lo hizo darse cuenta de que la visita al consultorio lo había afectado más de lo que pensaba. Optó por cambiar de tema y preguntarle a Eddie qué haría si un millonario excéntrico le ofreciera el dinero para hacer el programa que quisiera sin ponerle condiciones. "¡Qué pregunta tan tonta! Haría cine, un largometraje", respondió Eddie sin pestañear. "Una película de alto presupuesto, con tremenda actriz: Jennifer Anniston o Uma Thurman, tendría que pensarlo". ¿El tema? Algo interesante, un thriller inteligente, podría ser de ciencia ficción. La acción transcurriría en el México o la Argentina del futuro, que sería una colonia de los Estados Unidos, o mejor de China y estaría poblada por mujeres mutantes, que en lugar de obtener energía de los alimentos la absorberían del acto sexual, porque habrían llegado a tal grado de evolución que se alimentarían de placer. Eddie estaba fumado.

Eddie siempre está fumado. A M nunca le han gustado las drogas porque detesta perder el control. Eddie, en cambio, respira marihuana y traga pastillas como si fueran caramelos. De hecho, encendió el segundo tabaco del día cuando le preguntó a M qué haría él si le ofrecieran el dinero que quisiera para producir una película.

M respondió que haría una porno, pero no una porno como se la imagina uno cuando escucha la palabra, nada que ver con los videos que venden en las tiendas con compartimientos para masturbadores, ni con las tetas operadas y las rutinas de sexo oral y sesiones de penetración cada vez más profundas hasta acabar en la boca. No, M haría una porno que haría sentir a la audiencia como si estuviera allí, cogiendo con los actores; una película de calidad, con los niveles de producción que merece el género. Las posibilidades son ilimitadas. Por ejemplo, se podría hacer un documental con cámaras escondidas que filmen parejas cogiendo sin que lo sepan, o, por el contrario, una fantasía llena de efectos especiales, como si se tratara de una producción de Hollywood. A Eddie le encantó la idea y dijo que en dicho caso él mismo sería el protagonista. En ese momento, M volvió a sentir la molestia en el glande que lo había estado afectando desde la convención, y se excusó para ir al baño a revisarse y descubrir otra vez que tenía la piel como siempre: suave, lisa, brillante. Se sintió aliviado por un par de minutos, pero su tranquilidad se esfumó al recordar que una de las descripciones del ciclo del herpes que había leído en el consultorio dejaba en claro que el dolor precedía a las llagas. Las enfermedades son así. En un momento se está perfecto y de repente se consume uno en fiebre.

Al regresar del baño se echó en un puf rojo y le contó todo a Eddie: la puta que se llamaba Belén, el beso interrumpido en la ducha, la sensación que tuvo de que le inocularon una ponzoña en el vientre, los perros que lo persiguieron pero que nunca llegó a ver, la doctora haitiana, el cultivo bacteriano, el fuego en el glande... En esas estaba, angustiado hasta los tuétanos. Eddie escuchó en silencio y luego de una pausa le dijo que a él le había pasado algo parecido: cuando tenía quince años fue a las putas con un primo mayor que estaba decidido a quitarle la virginidad y se lo llevó a un burdel en Caracas, en Sabana Grande. El Cazador se llamaba el burdel. Allí se inició la mitad de su generación (la otra mitad lo hizo en el Maruja, que también quedaba en Sabana Grande). La entrada era oscura, difícil de navegar. Las mujeres iban con mallas fosforescentes y estaban desaliñadas, o por lo menos él las recordaba así. Apenas entraban al sitio, les caían encima a los muchachos y se los llevaban sin darles tiempo de nada. La de Eddie dijo llamarse Carmen Teresa. Ese nombre no se le olvida. Al contrario de la entrada, que parecía una cueva de lo oscura, en las habitaciones se metía la luz del día.

Carmen Teresa tenía pelo de india, aunque Eddie no está seguro, porque se ha metido tanta porquería que a veces sus recuerdos se mezclan con memorias inducidas, condición que ha empeorado desde que descubrió el viaje lúcido de las mandarinas. El punto es que recordaba muy bien una lavada de miembro con agua fría y jabón azul en un lavamanos que parecía una batea, y la cama individual de colchón barato, y a Carmen Teresa diciendo "papito, acuéstate allí boca arriba", y una mamada que no percibió para nada, que lo hizo sentir fuera de su cuerpo, como si todo le estuviese pasando a otra persona, y luego un polvo en la posición del misionero con un orgasmo que tampoco sintió, y cómo se vistió corriendo y se fue a esperar a la calle sentado sobre el capó del Malibú blanco de su primo, que llegó al cuarto de hora con la frente y el bigote sudados y le preguntó qué tal le había ido en su primer polvo. Eddie le respondió que nunca la había pasado tan bien. El primo se contentó por él y le comentó, como si se tratase de un asunto sin importancia (en esa época el sida era un rumor), que no se había puesto condón y que estaba un poco preocupado, porque a un amigo una vez le pegaron gonorrea, pero no en El Cazador, sino en el Maruja, sin lugar a dudas un sitio peor. Eddie tampoco se había puesto condón. Allí comenzó el vía crucis. Primero la picazón, luego una sensación idéntica a la que M describía, seguida de conversaciones con sus respectivos padres que se rieron del asunto y los llevaron al médico, donde les extrajeron sangre y los regañaron condescendientemente. En esa época los exámenes tardaban una eternidad y estuvieron esperando los resultados en un estado de histeria tal que, convencidos de tener sífilis después de consultar una enciclopedia obsoleta, comenzaron a tomar antibióticos por su cuenta. Lo importante es que al final los exámenes resultaron negativos. Lo que le estaba pasando a M era normal, a Eddie le constaba y le recomendaba relajarse, dejar de preocuparse por una enfermedad inexistente y más bien darle dos patadas a un porro enorme en forma de cono que acababa de armar, pero que M no probó.

6

**Pastoral
Miami, 2013**

Tammie lee la tarea de Chris en voz alta. Pronuncia cada sílaba con cuidado, como las personas que confunden infancia con sordera: "Reunirse con la familia a crear una adivinanza. ¡Crear, no copiar! Es importante que el producto final sea original. Método: Tormenta de ideas. Objetivo: Ayudar al niño a pensar por sí mismo y pasar un buen rato en familia. Recuerden, no hay ideas malas". "Idiots! Claro que hay malas ideas. Sobran", dice Tammie levantando las cejas. Chris no se sabe ninguna adivinanza. M no recuerda ninguna en ese momento. Tammie se sabe muchos cuentos infantiles, pero casi ninguna adivinanza. Sólo se acuerda de una: "Se mueve todo el tiempo, es imposible de atrapar y cuando le da la cara al sol, no produce sombra. ¿Qué será que no será?". Ni M ni Chris entienden la adivinanza de Tammie, y eso que Chris le entiende todo a su madre. "La respuesta es, obviamente, el viento", dice Tammie, pero M y Chris siguen sin entender. A M le parece una adivinanza complicada, como de otra época. Tiene razón: Tammie se la aprendió de pequeña en Memphis, donde pasó su primera infancia, antes de que la compañía de su padre lo transfiriera a Ecuador en un viaje temporal que duró quince años. Cuando era chiquita le contaban cuentos aleccionadores, como el del vagabundo que iba con un saco y se llevaba a los niños que se portaban mal, pero no recordaba adivinanzas. Hay un cuento que se sabe de memoria y que Del Valle, una de las criadas ecuatorianas, le contaba cuando se portaba mal:

"Érase una vez una niña terca como una mula, que nunca le hacía caso a su mamá. Papá Dios se enfadó con ella y dejó que se enfermara. No hubo doctor, ni en la aldea, ni en la ciudad, que la pudiera curar, y a los tres días la niña cayó en su lecho de muerte. Pero después de que la enterraron, uno de sus bracitos salió por debajo de la tierra como un retoño buscando la luz. Los aldeanos lo taparon con tierra fresca, pero no les sirvió de nada, porque el bracito insistía en seguir saliendo. Entonces la mamá tuvo que ir a la tumba con un mazo y aplastar el bracito ella misma. Después de que la madre lo aplastó, el brazo por fin se rindió y entonces, sólo entonces, la niña descansó en paz debajo de la tierra".

Chris se espanta con el cuento y, a punto de romper en llanto, pregunta si eso pasó de verdad. Tammie sonríe conmovida, lo abraza y le asegura que no, que se trata de una fantasía de otra época y que es importante que aprenda a distinguir la fantasía de la realidad. Un hombre de verdad no les tiene miedo a los cuentos, sino a la gente mala, que por cierto abunda. Pero no están reunidos para escuchar historias, sino para escribir una adivinanza y un niño inteligente como él no debería tener problema en inventar una. Como tantas cosas en la vida, componer una adivinanza es cuestión de método y esfuerzo. En este caso lo lógico sería comenzar por la respuesta. Por ejemplo, si quisieran hacer una adivinanza sobre un perro, primero deberían describir sus características distintivas: cuatro patas, cola, babas abundantes, belfos negros y mojados, etc., y luego convertir las características en una pregunta: "¿Qué tiene cuatro patas como una mesa, una cola que se menea, un olfato muy agudo, echa baba como un bebé enfermo y ladra en lugar de hablar?". La respuesta sería, sin lugar a dudas, "el perro".

Chris le hace caso a su madre y propone hacer una adivinanza sobre Pikachú, el Pokemón de la tele que "es amarillo, tiene orejas de conejo, ojos grandes y negros y es muy fiel a su dueño", pero a Tammie no le parece apropiado inspirarse en la televisión para la tarea: "La maestra odia la televisión", le dice. A veces el mundo entero de Chris parece salido de la televisión, de esos peluches gigantes que recitan el abecedario a ritmo de techno; de las miniseries infantiles, telenovelas sobre niños que viven solos en apartamentos enormes con maquinitas multijuegos y cestas de baloncesto y tratan a sus padres como si fueran niños.

Por fin M recuerda una adivinanza: "Oro parece, plata no es. ¿Qué será que no será?". Chris no sabe lo que es un plátano. Tammie se frustra con la adivinanza de M, tan provinciana, tan carente de ambición: "Plátano. ¡Lo que faltaba! Ni que estuviéramos en Guayaquil". Entonces M improvisa una adivinanza sin sentido para hacerlos reír: "¿Qué cosa es redonda, amarilla, pequeña y tiene un pico?". "No, un pollito no. Una pelota de tenis con un pico". Y esta vez los tres se doblan de la risa. Pero el buen humor les dura poco, porque a M se le ocurre contarle de su viaje a Londres a Chris: "¿Sabes dónde queda Londres?", le pregunta a su hijo, que no sabe, y Tammie se lo aclara: "Tu papá va a Londres supuestamente a trabajar, pero eso no se lo cree nadie. Me deja sola con todo el trabajo. Yo te voy a tener que llevar al fútbol, las clases de piano, el cole, prepararte la comida, lavar los platos, fregar el piso, ir al supermercado, comprarte zapatos nuevos, porque los que tienes dan vergüenza, y además tengo que ir a la oficina todos los días. Eso no es justo. Es demasiado trabajo. No sé cómo lo hago. Ahora que vas a ver a Míster Gamble, tienes que decirle algo, exigirle que te aumente el sueldo y te ascienda. Pide lo tuyo. Hace tiempo que te mereces un ascenso. Si esperas a que te asciendan sin hacer nada, van a seguir abusando de ti. Date tu puesto de una vez por todas. Ni se te ocurra regresar sin hablar con Gamble ¿de acuerdo?".

M asiente y se refugia en su itinerario: Sale el primer lunes de agosto. Se queda en el hotel de siempre, un Hilton en el centro que está de lo mejor y donde va a ser la convención anual. Le sobrarán oportunidades de abordar a Míster Gamble. La compañía paga todo, excepto los últimos tres días, que se tomará libres. La estadía le sale gratis por los puntos que tiene con la red hotelera.

Tammie se alarma con la hora. Son las ocho y treinta y no han terminado la tarea. M propone una adivinanza: "¿Qué es difícil de hacer, se complica con el tiempo y confunde a padres e hijos?". "La tarea de hacer una adivinanza". Esa opción sería demasiado sofisticada para Chris. La profesora nunca creería que la inventó un niño. ¿Y si modifican una adivinanza tradicional? Están, por ejemplo las adivinanzas de los colores de las frutas que le contaban a M cuando era pequeño: "Verde por fuera, blanca por dentro". "La pera". Podrían traducir una parecida y decir que la inventaron. Chris escoge la manzana: "Roja por fuera, blanca por dentro y cuando envejece le sale un gusano adentro". Bonito detalle el del gusano, de lo más metafísico. La transcriben. Se felicitan y por un momento se sienten realizados.

7

**Visita de Mora
Miami, 2004**

La playa no es el sitio ideal para un baby shower, pero el de Rina lo organizó Claudia, y Claudia celebra los cumpleaños como si fueran Año Nuevo, con cuenta regresiva para conmemorar la hora de nacimiento. El Año Nuevo en cambio lo celebra como un bautizo, con borrachera e inmersión en el mar a media noche, tipo candomblé. O por lo menos eso hacía cuando vivía en Miami Beach. Por eso nadie se sorprendió cuando Claudia convenció a Rina de hacer su baby shower en la playa, apertrechados de cerveza y vino blanco, pero sin regalos, lo cual no quería decir que no se tomaran en serio la preñez o las ventajas de una convención social en la que la tribu colabora con las parejas jóvenes cuando más lo necesitan. Por el contrario, sólo entre Tammie y Claudia ya habían gastado casi mil dólares en regalos para Rina, incluyendo un cochecito doble McLaren, kilos de ropa Baby Gap (dos piezas de cada modelo, como corresponde a unas mellizas) y una cámara para vigilar a las bebés en su habitación, y aun así pensaban comprarle algo especial para la ocasión, porque el baby shower en la playa no excluiría regalos, tan sólo los postergaría. Los invitados tendrían la oportunidad de darle un regalo a Rina, pero en su apartamento, en persona y no en la playa, donde sería incómodo manipular cajas y donde lo que sí tenía sentido era una celebración adulta, considerando la inminente llegada de las mellizas y la tropa de infantes que sin duda nacería después y eventualmente extinguiría las fiestas en la playa.

Como Claudia era la única madre del grupo, Rina solía consultarle todo lo referente a la maternidad: "¿Y si se me quiebra un pezón?". "Crema de lanolina y paciencia". "¿Cuándo regresa el apetito sexual?". "¡Ay, mi amor!, eso ni se recupera ni se quita". "¿Cómo hago para que no me salgan estrías en la barriga?". "Parir a los diecisiete, como yo". "¿Pido que me pongan la epidural?". "¡Pero es que por supuesto!". Los consejos de Claudia eran en su mayoría intuiciones o mentiras blancas, porque sus memorias eran de otro tipo: las miradas compasivas de la gente en la calle al verla de niña cargando semejante barriga. El esfuerzo de su madre por esconder la vergüenza y la rabia. El silencio de su padre. La nulidad de Eddie, que se comportaba como una sombra, y sobre todo, las instrucciones directas, contradictorias, angustiadas, prácticas, suplicantes, inútiles, insinuadas, que recibía de suegros, doctores, madres, tíos y empleadas domésticas, y que Claudia siguió sin quejas en ese letargo de maternidad que fue la primera infancia de Sebastián, el niño que el día del baby shower de Rina se enterró hasta el cuello en la arena de

79

South Beach y cuando no pudo más del calor y la cabeza le reventaba de roja y sudorosa, se zambulló en el agua tibia y al salir se puso a construir un castillo de arena compuesto por docenas de torres comunicadas por túneles, puentes, caminos y pasajes secretos, modelados con destreza de arquitecto, como los dibujos de ciudades imaginarias que solía hacer en las fiestas adultas y en los recreos escolares.

M se la pasó bebiendo cerveza y escuchando los consejos de Luigi para hacerse millonario en el mercado de bienes raíces, que en esa época todavía estaba en pleno boom: primero había que ponerse en lista de espera de un desarrollo nuevo. Luego había que pagar un depósito por un apartamento. Lo aconsejable era sólo poner el monto mínimo requerido. Entonces se pedía un préstamo a nombre de una compañía limitada, se cerraba la transacción, se ponía a engordar la propiedad y se vendía o rentaba. Gracias a la repetición de esa fórmula los haberes de Luigi sobrepasaban para el momento los tres millones y medio de dólares. Lo peor que podía pasar era que no se vendiera una propiedad de inmediato y en dado caso se alquilaba y se salía de ella más tarde, lo cual en el fondo convenía, porque los precios siempre suben. Siempre. Si acaso se corrigen temporalmente y de ninguna manera pueden bajar más de diez por ciento. Imposible. M estaba de acuerdo (el mundo entero estaba de acuerdo), pero no se atrevió a decir nada, en parte porque ni siquiera había comprado su propio apartamento, a pesar de las presiones constantes de Tammie.

M fue el primero en darse cuenta del llanto de Rina. Eran las cinco de la tarde, que en verano equivalen a las dos de un día normal. M estaba oyendo sin escuchar a Luigi cuando lo distrajo el estruendo de una avioneta amarilla que jalaba un letrero enorme: TRAVEL 2 PAY 1. 1-800 FINALDESTINATION, y que volaba tan lento que M se preguntó cómo no se desplomaba sobre el mar verde de South Beach. Entonces vio a Rina en la orilla batiendo los brazos como loca y se acercó para bromear con ella, pero la encontró llorando, consumida en pánico, balbuceando incoherencias: "¿Lo viste? ¿Lo viste?". Parecía que se le hubiera aparecido un fantasma. "Sacó una tijera enorme y oxidada. Me cortó la barriga aquí. Se sabía los nombres: Jimena y Matilda. Me dijo los nombres clarito". M le pidió que se explicara mejor, que hablara lento, pero Rina siguió balbuceando incoherencias. M le preguntó si se sentía bien y le ofreció un vaso de agua con azúcar que no habría podido conseguir porque nadie lleva azúcar a la playa, pero Rina no le hizo caso y siguió hablando disparates de borracha llorona: "Parecía un perro con voz de vieja". "No, no. Parecía una perra con voz de viejo; una perra hedionda que hablaba". "Me cortó aquí con una tijerita afilada", decía entre sollozos, cogiéndose el vientre con las dos manos como evitando que se derramara.

M se fijó con cuidado en la barriga, que aparte de hervir en venas, se veía normal, o por lo menos se veía idéntica a la barriga que Tammie celebró y manoseó cuando llegaron a la playa. Y le dijo eso mismo a Rina, que todo estaba bien, además de sugerirle que respirara profundo. Lo demás pasó tan rápido que es difícil de reconstruir. Rina se desplomó en sus brazos. M logró atajarla justo antes de que cayera sobre la arena y llamó a Luigi, que absorto como estaba en su conversación, no lo escuchó. M acostó a Rina boca arriba con sumo cuidado y llamó al salvavidas a gritos. Llegaron Luigi, el salvavidas y la multitud. El salvavidas le chequeó los signos vitales a Rina; dijo que era un desmayo, probablemente ocasionado por el calor, y que había que sacarla de allí de inmediato. No pasaron cinco minutos cuando aparecieron los paramédicos, encaramaron a Rina en una camilla roja y se la llevaron al Belén.

8

**La muerte de las bellas artes
Miami, 2013**

M va de traje negro y camisa azul cobalto sin corbata. Arrastra una maleta rodante de cuero con portafolio integrado. Su estatus de viajero frecuente conlleva privilegios: tarjeta de abordaje impresa en casa, reserva de menú anterior al vuelo, acceso directo a seguridad por sección VIP. Nunca lo revisan. Desde que lo dejaron de revisar, nunca lo revisan.

Se quita el reloj de acero, el cinturón de cuero reversible, los zapatos pulidos. Mete la computadora, el teléfono y el saco en cajas de plástico. Pasa sus cosas por el túnel de rayos X. Abre los brazos en cruz mientras lo catean. Recoge sus cosas con la misma destreza con que las sacó. No le toca pasar por la cápsula que sopla, la que retrata a los pasajeros desnudos y que ha estado causando polémica después de que unos funcionarios de aduana confesaran a la prensa recrearse con las fotografías en privado. A veces habla con los oficiales; conversaciones breves sobre el volumen de pasajeros o lo largo de la jornada. Hoy no. Hoy viene distraído, pensando en Sebas y Tadea y en su viaje a Londres. Antes lo interrogaban muchísimo, en promedio uno de cada tres viajes, casi siempre al regresar a Miami. Si se ponía nervioso o si el agente de turno estaba de mal humor, lo mandaban al cuartico malo, el de los inodoros de metal y letreros que prohíben el uso de teléfonos y computadoras. Después del once de septiembre era fijo que lo detuvieran, le revisaran el equipaje y le repitieran las mismas preguntas una y otra vez a ver si se contradecía: "Motivo de la visita, nombre del empleador, estatus legal, número de seguridad social, fecha de nacimiento de su esposa, oficio, ¿para quién son estas galletitas?".

Con el tiempo M aprendió que la mejor manera de salir bien de los interrogatorios consistía en seguir tres reglas sencillas: 1) Pensar lo que iba a decir antes de abrir la boca. 2) Hablar lento y parco. 3) No responder preguntas que no le hubieran hecho, y aunque siguiera esas reglas, aunque se supiera inocente de crimen alguno, cada vez que lo interrogaban se sentía a punto de perderlo todo, se daba cuenta de lo frágil de su condición de inmigrante, de cómo el antojo de un funcionario lo podía dejar en la calle con un mar de deudas, presa de los abogados de bancarrota que salen en los comerciales de los canales de televisión latinos y venden sus servicios con acentos de parodia. Las tragedias que solía presenciar en el cuartico malo aumentaban esa sensación de fragilidad: la madre con el recién nacido que debía regresar a Turquía en el mismo avión que la trajo; el joven español que por error escribió en su planilla de ingreso que había colaborado con el partido nazi; la mula con cara de mula negada a pasar por los rayos X por estar preñada. Lo peor era llegar trasnochado de los vuelos nocturnos de São Paulo o Buenos Aires a eso de las cinco de la mañana, con el mal aliento apenas camuflado por pastillas de menta, y terminar saliendo del cuartico a las nueve, inflado de gases, bañado en sudor, para meterse en la cama dos horas, darse una ducha y volver a la oficina de una vez.

M pasea por las tiendas de puerto libre, consciente de que cualquier compra sería innecesaria, pero no puede evitar el impulso de hurgar estantes con ese apetito que suele invadirlo al ver whisky, chocolates y corbatas impagables. Sale de las tiendas y se queda viendo los temas marítimos del piso y las paredes: corales, estrellas, esponjas marinas. En su casa los motivos marítimos se consideraban de mala suerte. No habla con sus padres desde hace semanas. Se propone llamarlos desde Londres. Con los años, las conversaciones telefónicas con ellos se han convertido en repeticiones de temas; reportes de vida. Todavía está a tiempo de cambiar las cosas, de acercarse a ellos. Los debe visitar pronto. Es importante que Chris pase tiempo con los abuelos, que mantenga un vínculo con sus orígenes y de paso mejore su acento, que es vergonzoso. El problema es Tammie, que se niega a llevarlo a un país "tan peligroso que Ecuador parece Suiza en comparación".

M busca la puerta de su vuelo y se imagina viajando a Londres con Tammie para encontrarse con Sebas y Tadea. Tammie cómplice total. La misma Tammie que conoció en la universidad, la máquina de futuro con que se casó. Eso es lo que más desearía en la vida, pero sería demasiado pedir. Hay cosas que no pueden ser. Ni Tammie ni él son los mismos. Entra a la sucursal de Books & Books, la librería independiente de Miami que cada vez parece más una gran cadena comercial. Las memorias de Steve Jobs. Se ven interesantes. Las compraría si no fueran tan gordas. "Poemas para niños". ¿Quién lee poesía hoy en día? Hay que ser ingenuo para creer que un niño se va a interesar por un arte tan inútil. Las bellas artes son anacrónicas, piensa M. La pintura, la literatura, la ópera o el ballet sólo le interesan a una élite cada vez más irrelevante. Las únicas artes que sirven son las populares: la música, el cine y el video, y dentro del video, el género que de verdad importa es la pornografía. De lo contrario, ¿cómo se explica su popularidad? El porno es de lejos el arte más consumido del mundo y quizás el más antiguo. En un viaje que hizo a Pompeya con Tammie vio cómo los romanos habían llevado el porno a un nivel de sofisticación tal que lo confundían con la religión. Hace unos meses The Miami Herald publicó una historia sobre el descubrimiento de representaciones de sexo oral en cuevas prehistóricas. Tenemos milenios haciendo pornografía, pero la escondemos, nos avergüenza, y si nos avergüenza es precisamente porque nos importa. Así de duro nos toca, piensa

M, cuando una mano en el hombro le causa un sobresalto. Es un tipo alto de rostro amable y barba cuidada que se le hace familiar, pero que no termina de reconocer. M le pide disculpas por su reacción y confiesa con un gesto de extrañeza que no lo recuerda del todo. El hombre alto le dice que no le sorprende que no lo reconozca. No se veían desde hace unos cuantos años, casi diez, pero él sí se acuerda muy bien porque a él no se le olvida un rostro, mucho menos el de un cliente inteligente. Es que no abundan. Se conocieron en La Pampa, en una sesión de socialización de equipo. Su nombre es Martín, fue el facilitador de la sesión. Tuvieron una conversación interesantísima sobre varios temas, entre ellos nada menos que la belleza y el amor; menudos temas trataron. Martín se impresionó mucho con la sabiduría de M por tratarse de una sabiduría "pura", "sincera", "poco común": "Si hay algo que nunca olvido es una buena conversación", le dice Martín y le pregunta si vuela a Londres, pues es probable que ambos vayan a la convención europea de la compañía. Míster Gamble lo acaba de nombrar consejero de la junta directiva: "Quedó muy impresionado con un taller que facilité en Budapest. Participó como un alumno cualquiera y después le dio por nombrarme consejero de la junta para poder consultarme en todo momento. Al principio me resistí. No me gustan las ataduras. Pero el paquete que me ofreció fue irresistible y aquí me tenés, viajando con vos".

Martín le pide a M su tarjeta de embarque para solicitar que los sienten juntos, aunque antes quisiera preguntarle si le molesta la idea, porque hay gente a la que no le gusta viajar acompañada y no quisiera imponerse. A él mismo le ha sucedido en otras ocasiones que ha tenido que viajar con gente indeseable y sabe lo incómodo que es. A M no le gusta la idea para nada. Quiere viajar solo para concentrarse en su plan y de ser posible dormir, así sea una hora, pero no tiene el coraje de decírselo a Martín, menos ahora que sabe que es consejero de la junta directiva. Martín se acerca al mostrador y aborda a una aeromoza que se ve como las aeromozas suelen verse en los contadores: ocupada, un poco amargada, sonriendo a regañadientes, lo cual tranquiliza a M, que conoce lo suficiente a American Airlines para saber que un cambio de asiento a última hora es imposible y que, aun siéndolo, la aeromoza no moverá un dedo para otorgárselos; pero Martín insiste y le arranca una sonrisa a la aeromoza, que llama a una pareja joven con un bebé; una pareja de las que cargan morrales y cochecito y siempre están en los aviones, y que gracias a la solicitud de Martín y a un cálculo matemático intrincado, va a poder viajar junta en primera; signo de que su encuentro no es simple coincidencia, sino asunto de energía positiva, le dice Martín a M, y promete no darse tregua hasta entender las razones de su encuentro, con su ayuda, por supuesto, porque sin la colaboración de M le será imposible entender las causas que lo llevaron a recorrer miles de kilómetros para iniciar una cadena de eventos positivos, como la reunión de una familia joven en primera clase. Quienes creen en las casualidades ignoran la ley de las causalidades, dice Martín que dijo alguien famoso que no recuerda, acaso Borges, que todo lo dijo.

Quizás la clave del encuentro esté en la conversación que tuvieron en La Pampa. No entiende cómo M ha podido olvidarla si fue un momento intensísimo. Recuerda que se apartaron del grupo y se acercaron a un arroyo que, si su memoria no le falla, era artificial. El clima era perfecto, considerando que durante esas noches nevó en Ezeiza. Hacía algo así como dieciocho grados bajo el sol. El arroyo producía un sonido musical que les provocó meter los pies. M convenció a Martín de que el verdadero amor implicaba un grado de locura, de delirio, que no se podía amar de verdad sin "estar loco de amor", como decía la gente simple. Luego, rememoraba Martín, y M también comenzaba a recordar, hablaron de la muerte, un tema que la gente acostumbra evadir y que ni M ni Martín rehuyeron en ese momento, cuando Martín le habló de las Parcas, de cómo en la mitología romana la Muerte era una de las tres Parcas. Las otras dos eran la Novena y la Décima. La Novena hilaba la hebra de la vida, es decir, daba vida. La Décima medía el hilo de la vida con su vara, es decir, definía el largo de la vida, y a la Muerte le tocaba cortar el hilo con una tijera que con el tiempo se convirtió en la guadaña. Intensa conversación la que tuvieron, exclama Martín mientras M comienza a recordar: Martín quitándose un par de zapatos verdes marca Merrell, desnudando unos pies peludos de uñas cuadradas, como pezuñas de cabra. Las tres Parcas, claro, eso lo escuchó por primera vez en La Pampa y también hablaron del deseo. M comienza a evocar la conversación con una claridad que lo sorprende, considerando que han pasado casi diez años. Hasta recuerda el tono exaltado con que dijo que el deseo más importante era el sexual, como bien había dicho Freud en su momento. Y así, se bajan tres copas de champaña y siguen conversando con tal ímpetu que no se percatan del despegue del avión.

9

La concepción de Chris
Miami, 2004

M regresó al consultorio a buscar sus resultados y hacerse una segunda ronda de exámenes. Llegó a la misma hora de su primera visita, ocho y treinta. Compró el mismo periódico de su visita anterior: El Nuevo Herald, que esta vez traía un pesado suplemento dedicado a los Juegos Olímpicos de Atenas. Se bebió el mismo jugo de naranja natural. Se tragó las mismas pastillas de menta y se puso en la misma fila, que en esta ocasión se movió más rápido, o pareció moverse más rápido, como suele suceder cuando se visita un sitio por segunda vez. No habló con nadie, quizás porque no le tocó el joven profesor de yoga con cara de gato al lado, sino una madre con su hija adolescente que ni siquiera hablaban entre ellas, o porque venía pensando en el colapso de Rina en la playa, en su cuerpo yerto y liviano; en su barriga, cuya textura le recordó la de una pelota inflable. Tenía adelante a un señor haitiano altísimo, con lentes oscuros pasados de moda y camisa de poliéster morada que no soltó el teléfono hasta llegar a la sala de espera, donde tuvo que hacerlo porque estaba prohibido el uso de celulares. Pero igual en la sala de espera nadie tiene ganas de hablar con nadie, o por lo menos M no las tenía cuando se sentó y, en vez de leer el suplemento sobre las olimpiadas, se escondió en lo más profundo de El Nuevo Herald: el horóscopo de Walter Mercado, ese señor que parecía una anciana operada demasiadas veces y hacía millones de dólares con su reputación de adivino infalible.

El horóscopo le auguraba un día estupendo en el que recibiría buenas noticias sobre un asunto que lo tenía preocupado desde que Marte se puso retrógrado, dos semanas atrás, y que al final resultaría una falsa alarma, una trampa de los astros para probar su entereza, pero que se resolvería ese miércoles, día en el que además iba a comenzar algo importante en su vida, predicción que M decidió creer, o acaso deseó creer, no importa, lo que importa es que la consideró buen presagio, y cuando llamaron su número entró sin miedo, casi con optimismo, si se puede tener optimismo en un consultorio de este tipo, sensación que mantuvo durante su encuentro con el trabajador voluntario, el mismo señor relleno que adoraba su empleo y lo había recibido en su visita anterior. Se estrecharon la mano, se dieron los buenos días e intercambiaron sendas sonrisas que cobraron sentido cuando el trabajador voluntario le informó que, tal como lo había pensado, los exámenes habían salido negativos. Se habían descartado trece enfermedades, incluyendo sida, sífilis, gonorrea y otras dolencias menos conocidas pero bastante comunes. Su conteo de glóbulos rojos y blancos, así como la calidad de su orina, reducían al mínimo la existencia potencial de dolencias en desarrollo. La doctora recomendaba en su informe hacer una excepción y prescindir de la segunda ronda de exámenes:

—En mis años aquí, nunca, pero es que nunca he visto un caso de contagio por sexo oral y créame que tengo experiencia —dijo el trabajador voluntario —. Usted no sabe las cosas que he visto. Algunas espeluznantes. He visto el triple de pacientes que la doctora, porque tengo más tiempo que ella en el negocio. Por eso le digo con toda la autoridad del caso que puede estar tranquilo, pero antes, si me lo permite, le voy a hacer una consulta personal que espero no encuentre inoportuna y que me atrevo a hacer precisamente por mi experiencia, porque sé que lo puede ayudar.

—Por supuesto, pregúnteme lo que quiera —respondió M.

—Sé que no es asunto mío, y si le parece una impertinencia me lo dice y hacemos como si no hubiera pasado nada. Usted sigue por su camino y yo me quedo aquí atendiendo a otro paciente como si nunca nos hubiéramos conocido.

—Pregúnteme lo que quiera.

—Muy bien. Lo que quiero preguntarle es si usted le ha contado lo que le pasó a su mujer.

—La verdad, no —dijo M ruborizado—. ¿Usted me recomienda que se lo diga?

—Yo creo dos cosas. La primera es que lo verdaderamente importante es que no lo vuelva a hacer. Tiene que evitar las relaciones sexuales fuera del matrimonio. Especialmente con prostitutas, que suelen traer cantidad de problemas, no sólo médicos sino de índole económica, psicológica y social. La segunda es que no. Ni se le ocurra decirle nada a su mujer. Hay cosas que no conviene contar, secretos necesarios, mentirillas blancas. Usted ya se salvó de esta. No la vaya a embarrar a estas alturas.

M cogió sus resultados, le estrechó la mano al empleado y se fue del dispensario. Pensó por un momento en visitar a Eddie, pero recordó que Belkis le había dicho que esa tarde discutirían un asunto de su interés, probablemente su esperado ascenso a gerente de departamento. Belkis era muy predecible y después del desempeño de M en la convención anual su ascenso era inminente. Rumbo a la oficina, M sintió que en lugar de manejar, navegaba por las límpidas autopistas de Miami, que a veces parecen autopistas al cielo abierto de la ciudad. Escuchaba una canción de Aterciopelados en la que la cantante recomendaba dejar todo para el día siguiente, consejo que le pareció sabio. Por supuesto, en ese momento no podía ni siquiera presentir la hojita milimétrica que le aparecería al día siguiente, verde, viva, como las taras diminutas que viven en los jardines y parecen vegetales y en realidad son animales incomprensibles, como los palitos caminadores, porque en ese momento M era puro regocijo tras la validación de un horóscopo que miles de personas habían leído en la ciudad y unos cuantos elegidos tenían el privilegio de estar viviendo en forma de novio conseguido, contrato cerrado, dinero ganado o, en su caso, diagnóstico deseado.

Al llegar a la oficina se sentó en su cubículo a postergar. Respondió correos electrónicos, vio las páginas de internet de siempre y a eso de las doce bajó a la cafetería a comprar un sándwich de queso mozzarella, jamón de Parma, tomate, y salsa pesto que se comió en el escritorio.

La reunión tuvo lugar a la hora acordada en la oficina de Marcelo, espacio alfombrado que recuerda el interior de un avión. Belkis y Marcelo esperaban en unas sillas de cuero sintético frente al escritorio. M insistió en que no se levantaran y se sentó con ellos. Marcelo fue al grano: Míster Gamble había ordenado el ascenso de M a gerente. A partir de ese momento comenzaría a disfrutar de su nuevo estatus. Le estrecharon la mano y lo felicitaron por los ciento veinticinco mil dólares al año con bono mínimo de treinta por ciento, sin máximo estipulado, sujeto a desempeño, que iba a recibir a partir de ese día, y por el derecho ganado a viajar en ejecutiva y a trabajar en una oficina con puerta y ventana; aunque debían hablar más a fondo sobre la oficina, porque había unos pequeños inconvenientes a corto plazo. Leyeron en voz alta un mensaje de dos líneas de Míster Gamble a todos los empleados en el que anunciaba el ascenso y felicitaba al equipo porque el ascenso de uno era el éxito de todos, o algo así, que no sonaba cursi sino puntual, autoritativo. Le recordaron que desde ese momento sus responsabilidades para con la compañía eran mayores y que debía comportarse como un dueño, no como un empleado. Era importante que respetara e hiciera respetar la cadena de mando en todo momento. Le mostraron un organigrama en forma de pirámide con Míster Gamble al tope y su nombre al centro del triángulo. Le dijeron que el centro era un sitio privilegiado, el corazón de la organización. Le recomendaron que se involucrara directamente en el trabajo de las subsidiarias más lucrativas y los negocios emergentes. Los laboratorios, los cultivos biodinámicos y los hospitales ofrecían mejores oportunidades de crecimiento que las subsidiarias de energía y alimentos, pero estas últimas producían dinero líquido en abundancia.

Míster Gamble estaba comprometido con la diversificación de la compañía; su último objetivo era sencillo: la creación del conglomerado más grande del mundo. Si tenía ideas para nuevos negocios, debía presentárselas cuanto antes a Belkis, su supervisora directa. Entre sus nuevas responsabilidades estaba el ordeño constante de las ideas del personal y el aumento progresivo de los niveles de productividad, que debía reportar usando los sistemas computarizados de siempre, pero ahora disfrutando privilegios de administrador. Le preguntaron si tenía dudas y, como no las tenía, le recomendaron ir a su cubículo a hacer lo que se debe hacer en esos casos: llamar a los allegados, responder la lluvia de mensajes de felicitación que sin duda se estaba desatando sobre su buzón de correo electrónico y, de ser posible, aprovechar la oportunidad e irse temprano a casa a celebrar. En fin, M estaba viviendo el día vaticinado por Walter Mercado, al punto de decidir que de ahora en adelante leería su horóscopo religiosamente, porque no hay argumento más persuasivo que la realidad y la realidad era la anunciada por Mercado para los nacidos bajo el signo de Aries.

Apenas se sentó en su cubículo, M quedó con Tammie para celebrar el ascenso: cena en Joe's Stone Crab, caminata por el canal del puerto y, con seguridad, un polvo urgente que había postergado por una enfermedad imaginaria que ya no le importaba. Pero Luigi, que estaba en la oficina presentando un proyecto, lo convenció de ir a tomarse un trago en un pub irlandés en Brickell antes de encontrarse con Tammie.

Dejaron sus carros con el valet parking del pub y se sentaron en la barra. Luigi pidió una Guinness, M una Harp. Se bebieron sus cervezas de un trago, con sed de estadio. Pidieron otra, segunda y última. Luigi le habló del colapso de Rina. Qué barbaridad de susto se dieron. Rina desmayada en la ambulancia con el cuerpo suspendido en la camilla, babeando. La entrada a emergencias del Belén, atorada, aparatosa. Los cables enchufados sobre su cuerpo apagado, que no reaccionaba y, cómo cuando por fin recobró el aliento, lo hizo aterrada, obsesionada con una visión que tuvo antes de desmayarse. Todo para que los doctores le dijeran que estaba bien, que lo que le había pasado era normal y que lo que debía hacer era comer sano, beber agua en abundancia y evitar el estrés. Igual tuvieron que pasar veinticuatro horas en el hospital por cuestiones de protocolo y le hicieron cantidad de exámenes, algunos extraños: le sacaron un tejido de la piel de la uña del dedo gordo del pie para hacer una prueba de ADN y le inocularon litros de unos suplementos nutricionales que apestaban. El mundo de la medicina estaba cambiado mucho. Por suerte, la cuenta le salió gratis. Míster Gamble ordenó que no les cobraran nada. El viejo se portó como todo un caballero, hasta los fue a visitar. Luigi siempre le estará agradecido, pero no vinieron al bar a hablar de Míster Gamble ni de Rina, sino del ascenso de M, aclaró Luigi, medida que, desde su punto de vista, habían retrasado innecesariamente. Entonces M, presa de un impulso, le contó a su amigo de su aventura en Argentina, sólo que en vez de Belén, le habló de un supuesto romance callejero. Luigi le confesó que en más de una ocasión, durante sus viajes de trabajo, especialmente a Brasil, había tenido aventuras. De hecho, sin ir tan lejos, a veces se veía con una mexicana en Miami, una charra interesante de nombre Araceli y sobrenombre

Leli, un tanto gordita, eso le gustaba, que fuera un poco gordita, porque tenía más carne para agarrar y estaba casada y tenía dos niños, lo cual era conveniente: "Lo que te quiero decir es que al final del día esas relaciones avivan los matrimonios, porque uno descarga energías que de otra manera acumularía. Y en tu caso, con todo respeto, estaría más que justificado que busques un escape porque, bueno, todos sabemos que Tammie no es precisamente una mujer relajada".

M le dio la razón y aprovechó para preguntarle a Luigi cómo hacía para mantener su independencia económica sin emplearse a tiempo completo. La clave estaba en concentrarse en proyectos que lo entusiasmaran a uno y a la vez le interesaran a los clientes, pero la verdad es que la idea de su independencia era una ilusión: su único cliente era la compañía, de modo que la diferencia no era tanta, respondió Luigi. M le dijo que eso sonaba demasiado fácil, que si fuera por él se dedicaría a producir películas pornográficas. Luigi le dijo que no le parecía disparatada la idea, el apetito por la diversificación de Míster Gamble era insaciable y, viéndolo bien, la industria pornográfica ha crecido sin parar desde el estreno de Garganta profunda y eso era precisamente lo que estaban buscando: proyectos que prometieran crecimiento a largo plazo. Si de verdad M quería independizarse, ese podía ser el camino, afirmó Luigi antes de que cada quien siguiera su camino:

Luigi a encontrarse con Rina y su barriga, M a vivir la mejor parte del día anunciado por Walter Mercado: cena y paseo con Tammie, pero antes de salir, un abrazo apretado, seguido de un polvo apresurado que sacudiría a M, lo liberaría de semanas de angustias; un polvo sincero, diferente de los programados para concebir y que, sin embargo, fue el momento preciso en que concibieron a Chris.

10

**Alumbramiento
Londres, 2013**

Cada vez que M llega a Heathrow se siente en un puerto remoto, perdido en el tiempo y la distancia. La sensación es similar a la que lo invade al pisar el Kennedy, pero en el Kennedy siempre aparece algo que lo hace sentir en casa: un dominicano en guayabera o el olor a aceite caliente del Burger King; no así en la terminal tres de Heathrow, donde la peste a pachulí, la inevitable pareja que discute en un idioma irreconocible o el anciano ocasional que lee un periódico ruso, sugieren mundos lejanos. Eso le comenta M a Martín mientras esperan en la fila de inmigración, que esta vez se mueve rápido. Les toca un oficial que parece una niña. Martín pasa primero. Murmura algo que hace reír al oficial. Cuando le toca a M, el oficial le dice que su amigo Martín ya le "contó todo", le guiña el ojo y le sella el pasaporte sin hacer preguntas.

M suele viajar solo con equipaje de mano. Detesta perder tiempo en los aeropuertos. Pero esta vez le toca acompañar a Martín a recoger su maleta. Como se quedan en el mismo hotel, dispusieron compartir el taxi. La maleta de Martín es de las primeras en salir. Parece un colchón forrado de un cuero que alguna vez fue amarillo. Martín se siente obligado a justificar su tamaño: viaja con sus instrumentos de trabajo por necesidad. No se puede dar el lujo de dejar nada en Buenos Aires. Si fuera por él, viajaría ligero.

Suben entre ambos la maleta a un carrito. M la sostiene de un lado mientras Martín la aguanta con un brazo y empuja con el otro. Pesa tanto que hacen la declaración de aduana juntos. Un oficial con bigote puntiagudo, turbante y guantes de látex les pide que coloquen su carga sobre el mostrador y les pregunta si viajan juntos. Martín responde que sí, lo cual no le gusta a M, por el calibre de la maleta y por aquello de los instrumentos de trabajo. La verdad es que apenas conoce a Martín. Podría estar pasando un cargamento de mandarinas piratas. No sería el primero en hacerlo. Igual decide no decir nada al respecto; hacerlo en ese preciso instante sería sospechoso y el viajar juntos no lo hace responsable por el contenido de una maleta que no está registrada a su nombre. Si le toca aclarar algo, lo hará en su momento.

Como era de esperar, el oficial del turbante les pregunta qué llevan en esa "peculiar suitcase". Martín sonríe y le dice en un inglés aprendido a edad tardía: "A lot of instruments that I have buy for my line of work. I must have them, of course. You know, gentleman, instruments such as the copper pendulum, the magnetic bar polarized, the aureolic trident, for instance, many books, and the likes". El oficial se ríe sin pudor del inglés de Martín y hace mofa de su acento: "Of course, a-cap-per-pen-do-lum", pero una compañera de trabajo lo recrimina con una mirada fulminante que parece decir que su comportamiento es inaceptable para un servidor de la Corona británica. El oficial agacha la cabeza, se quita los guantes, les da a ambos la bienvenida al Reino Unido y los deja pasar sin revisarlos.

Martín está acostumbrado a que la maleta le traiga problemas. Sobre todo con la popularización del tráfico de mandarinas piratas, cosa que no entiende, pues las mandarinas son muy fáciles de traficar: "Podés esconder un cargamento de cien mil dólares en tres atados de cigarrillos si querés. No necesitás una valija grande para pasarlas. Si querés pasar mandarinas viajás como vos, de ejecutivo. Eso lo saben los oficiales estos, pero la pagan con el primer boludo que se encuentran". Una vez en Sudáfrica le echaron a perder unas bandas magnéticas suizas carísimas y a pesar de se quejó formalmente no le reintegraron ni un centavo por los daños. Hablan del cuartico de aduanas del aeropuerto de Miami que ambos conocen al pelo, pero deciden pasar la página y evitar temas desagradables que, según Martín, es una manera de revivirlos.

Paran un taxi negro de los tradicionales. Por más que intentan no pueden meter la enorme maleta amarilla en el carro. El taxista, que parece un mafioso de película inglesa, se cansa de esperar y dice no tener tiempo. En un último intento y tras seguir unas instrucciones barrocas de Martín, se las arreglan para meter la maleta. M le pregunta al taxista si puede pagar con tarjeta de crédito. El taxista suelta una retahíla en un acento incomprensible que, a juzgar por la maquinita que señala, significa que sí. Es un día hermoso, especialmente para Londres: fresco y soleado.

M dice estar sorprendido por no sentirse cansado. Suele llegar hecho un harapo a Europa. Martín le confiesa, un poco avergonzado, que estuvo trabajando con su aura en el camino. Quizás por eso se siente así de bien. Se la celebra: es tibia, y es roja, pero no rojo chillón, que es un color muy común, sino un rojo tenue y profundo; una verdadera belleza. Ya le había puesto el ojo cuando se conocieron en La Pampa. M le da las gracias. Martín le ofrece un tratamiento especial gratuito, un "alumbramiento", le dice, sin explicar de qué se trata, aunque aclara que, modestia aparte, no conoce a nadie que lo sepa hacer mejor que él. Luego mira directo a los ojos de M y le pregunta qué vino a buscar en Londres. Anoche, en el avión, mientras trabajaba con su aura, se dio cuenta de que estaba buscando algo que no tenía que ver con la compañía. Algo personal, de índole artística, algo relacionado con la belleza. M se ruboriza y le dice que efectivamente está buscando algo que no tiene que ver con la compañía, pero que en realidad no está seguro de lo que es. Dice la verdad.

En el hotel, una recepcionista negra de rostro anguloso le informa a M en un inglés impecable, marcando eses y tés con naturalidad, que su habitación no está lista. No lo esperaban hasta las tres de la tarde. Típico error de Alba, la asistente del departamento: de tanto agradecerle a Dios, se olvida de los detalles. La recepcionista asegura que hará lo posible por conseguir una habitación, pero están llenos. Por política del hotel no puede garantizar nada hasta la hora convenida.

Martín se pone a la orden. Invita a M a quedarse con él mientras le consiguen habitación: podría tomar un baño, reponerse, y de paso, comenzar el tratamiento. M agradece el gesto, pero prefiere esperar. Martín insiste: se ve cansado. Además, podría aprovechar para medirle la carga energética, y si las condiciones lo permiten, acelerar el alumbramiento. M se resiste. Martín lo mira directo a los ojos y le pregunta si le tiene miedo. No es eso, no le teme, lo que pasa es que está seguro de que le conseguirán una habitación pronto. Se encuentran con la jefa de M, Belkis Jaso. A juzgar por su mono deportivo de algodón azul claro y sus lentes oscuros de piloto de avión, se dispone a dar un paseo. Saluda a M con un gesto frío y abraza a Martín con efusividad. Cuando se enteró de que vendría a la convención se contentó mucho. Recuerda con cariño la sesión de socialización que tuvieron en La Pampa, a pesar del tiempo que ha pasado: "¿Ocho, diez años? Parece que hubiera sido ayer... No sabes lo que me alegró que te nombraran consejero. ¡Felicitaciones!". Martín le da las gracias y le pide que convenza a M de que acepte la invitación de Martín y descanse un rato en su habitación. Belkis dice que si ella estuviera en el lugar de M no lo dudaría y también le ofrece su habitación, pero admite que sería un poco extraño compartir con un empleado directo del sexo opuesto: "Quizás el manual no lo permita, tendría que revisarlo. Creo que traje una copia. Mentira, no la traje, soy una tonta, pero lo reviso en línea en cuanto me conecte". Entonces se dirige a M en tono maternal: "La habitación no te la van a tener lista por un buen rato. No seas infantil y quédate con Martín. Así descansas, ¿te parece?". M cede a regañadientes. Belkis se despide con abrazos (de nuevo efusivo en el caso de Martín y frío en el de M). Va a dar una vuelta por el hotel Savoy que está a dos cuadras: "Nos debieron haber metido allí y no en esta porquería regentada por los Hilton. En la compañía son capaces de lo que sea por ahorrarse unos centavos". Visitar hoteles en sus viajes de trabajo es una de las aficiones de Belkis.

Martín y M se dirigen al ascensor en compañía de un botones. Tropiezan con Ezequiel, que improvisa una finta por evitarlos, pero al darse cuenta de que el encuentro es inevitable, se arma con una sonrisa y los saluda. M le pregunta si recuerda a Martín. Ezequiel no lo recuerda. Martín se presenta con un tono formal que contrasta con su jovialidad: "Martín Tébar, consejero de la junta directiva". M les dice que se conocieron en una sesión de socialización de equipo en La Pampa años atrás. Ninguno de los dos se acuerda. Fue hace demasiado tiempo. M apunta que son compatriotas. Ambos se dieron cuenta apenas el otro abrió la boca. Martín se adelanta con el botones. Ezequiel aprovecha y le susurra al oído a M: "Claro que me acuerdo del pelotudo ese. Fue cuando la compañía te pagó la impregnación. Por cierto, la baya debe estar pronta, ¡Dios te guarde! No puedo creer que ese estafador sea consejero de la junta directiva. Uno se pasa la vida haciendo el trabajo sucio y le pagan nombrando a un palomero en la junta directiva. Para crecer en esta compañía hay que meterse a chupamate. Me largo antes de que me embauque". M se pregunta por qué Ezequiel dice tantos disparates y de dónde le viene la rabia con Martín. Probablemente le envidie el rango. Los consejeros de la junta directiva son sumamente influyentes. Es una posición muy bien pagada y lo único que hacen es opinar en reuniones. ¿Y por qué trae a colación su episodio con la prostituta en Buenos Aires después de tanto tiempo? Es obvio que quiere enemistarlo con Martín. Ezequiel siempre ha sido mal intencionado. No debe tomarlo en serio.

El botones le describe los servicios y amenidades del hotel a M y Martín en el elevador de cristal: salón de banquetes, piscina techada, centro de negocios, conexión rápida a internet, lo de costumbre. Martín le confiesa a M estar contento de que sigan juntos: "No te quería perder", le dice, y le pide por favor que guarde silencio al llegar a la habitación. Es importante para el tratamiento. "Otra cosa", agrega Martín, "el colega tuyo que conocimos ahora tiene la energía percudida. Sé que estaba hablando mal de mí con vos. A mí eso me trae sin cuidado, pero te advierto que su energía puede revertir tu tratamiento. Evítalo a toda costa".

La habitación de Martín es una suite ejecutiva con sala de espera, un baño amplísimo y dos camas matrimoniales. Martín mea un chorro equino sin cerrar la puerta del baño. Luego abre su maleta desproporcionada para hacerse con sus instrumentos de trabajo y le pide a M que se desnude y se acueste en la cama boca abajo. M vacila, se asoma a la ventana y se pierde en el Támesis. Es la primera vez que se fija en el río, a pesar de haberse quedado en el hotel varias veces. Le llama la atención la oscuridad del agua y lo fuerte de la corriente. Martín lo regaña: "Haceme caso. Acostate. Prefiero no hacer las cosas antes que hacerlas mal o dejarlas a medias. Tenemos que poner todo nuestro empeño. Igual, te tengo acorralado".

No sabe por qué, pero confía en Martín, así que después de excusarse para echar su meada respectiva (con la puerta abierta, siguiendo el protocolo de su anfitrión) se desnuda frente a la cama más cercana a la ventana y se echa boca abajo. Una almohada de plumas de ganso se adapta con precisión a su mejilla derecha. "Así te quería ver, acostadito, calladito. Dejate llevar. No controles tus pensamientos. Yo no estoy aquí para juzgar a nadie. Dejate llevar", dice Martín mientras enchufa un tubo de metal que a ratos parece una espada del futuro y a ratos un consolador desproporcionado (es un milagro que hayan pasado los controles aduanales sin que los revisaran), y conecta su iPhone de última generación a un par de altavoces miniatura Bose.

Suena un tema musical ensamblado con sonidos de animales: mugidos, relinchos, trinos, cantos de ballenas. Al contrario de lo que se podría esperar, el tema es melodioso y tiene un efecto narcótico. Martín prepara un mejunje mezclando bolitas homeopáticas, gotas de esencias naturales que escoge entre cuatro frascos azules y un chorro de agua mineral islandesa (la botella deja en claro su denominación de origen en tipografía helvética de gran tamaño), y se lo sirve a M, que bebe con gusto y comenta que sabe a brandy. Martín admite que la receta tiene un chorro de brandy y le advierte que le puede dar sueño. De ser así, lo aconsejable es dormir. Resistirse podría ser contraproducente.

M se vuelve a acostar boca abajo y se concentra en la música, que lo transporta a una escena recurrente en sus sueños en la que habla con alguien que no reconoce del todo, y que podría ser Tammie, o Luigi, o Martín, o más bien Sebas, cuando lo invade un impulso irresistible por volar y se concentra en hacerlo. Entonces se eleva lentamente un par de centímetros y después uno, tres, setecientos metros hasta penetrar una nube mullida; colchón celestial donde Tadea reposa boca arriba, desnuda, con los brazos cogidos por detrás del cuello y una expresión deliciosa de serenidad divina, como si lo hubiera estado esperando por los siglos de los siglos, y lo recibe con sus pezones rosados que se hinchan de a poco, y su pubis naranja que excreta gotas de miel tibia, y su aliento a pastel esponjoso recién horneado.

11

**Un paciente ejemplar
Miami, 2004**

La primera vez que vio el corpúsculo, M pensó que se trataba de un cuerpo externo: un hilo suelto, un trozo de papel higiénico o un grano de arena de los que se le pegaban en la playa, y siguió orinando, pero al tocarse bien se dio cuenta de que lo tenía adherido a la piel. Parecía una especie de verruga, un pellejito que costaba ubicar al primer vistazo y que una vez localizado se veía clarísimo, a medio camino entre la base del glande y el orificio de orinar. Se volvió a tocar y sintió lo mismo que sentía siempre que se tocaba allí: un fuego frío, una cosquilla que casi ardía. Podía ser un lunar, la costra de alguna herida menor o un pedazo de piel que siempre tuvo y al que nunca prestó atención por insignificante. La doctora había sido clarísima: No estaba enfermo. Pero los latidos del corazón y el sudor en las manos le decían lo contrario. Una doctora seria no se gana la vida examinando genitales en un dispensario público, sino que despacha en el Belén o en el Monte Sinaí, donde hace millones de dólares y, si tiene que examinar genitales, se lo hace a enfermos asegurados, capaces de pagar sus cuentas.

M cogió el espejo lupa de Tammie, el que usa para detectarse puntos negros en la nariz y contemplarlos al salir, y lo apuntó directo al corpúsculo. No era un pellejo como parecía a primera vista, sino una suerte de parásito arraigado en la piel. Tenía la forma de un capullo vegetal, como un botón de flor milimétrico. Estaba cubierto por una capa verde que parecía pintada con tinta fina y que daba la impresión de estar fresca. Era bonito, como puede serlo una medusa o una serpiente coral. Tammie tocó la puerta del baño y le preguntó por qué había cerrado con llave. M puso el espejo lupa en su sitio e improvisó una explicación obvia: no se había dado cuenta, dijo antes de abrir y escabullirse a la regadera.

—Quiero comprar una prueba de embarazo. Tengo un buen feeling —le dijo Tammie, mientras se ponía desodorante frente al espejo.

—Sería demasiada buena suerte que lo hayamos logrado tan rápido. Igual no perdemos nada probando. Compra un test y me cuentas —respondió M, que luchaba con las llaves de agua para controlar la temperatura.

M esperó a que Tammie se fuera del apartamento para salir de la ducha. Como no quería hacerse daño con la toalla, se secó con el secador de pelo. Volvió a verse el capullo en el espejo lupa y lo encontró intacto, plantado el mismo sitio, igual de bonito y espantoso. Llamó al doctor Isea, su médico de cabecera, un cubano silencioso que había escogido al azar en el catálogo de su aseguradora y que lo atiborraba de antibióticos cada vez que lo visitaba. Le asignaron una cita para el mes siguiente. Trató de adelantarla diciendo que se trataba de una urgencia. Le recomendaron ir directo al departamento de emergencias. Preguntó qué pasaría si se presentaba en el consultorio sin previa cita. No pasaría nada porque no lo atenderían. Se le ocurrieron las siguientes alternativas: 1) Volver al consultorio público de South Beach, donde no necesitaba cita, pero en el que no confiaba. 2) Arriesgarse a perder el día y presentarse en la consulta del doctor Isea. 3) Aventurarse a buscar un tercer doctor. Lo lógico era regresar al consultorio de South Beach.

Llamó al trabajo para excusarse y se fue a repetir el ritual del café, el periódico, la pastilla de menta y la fila. Esta vez no se fijó en la persona que tenía delante: un señor obeso que se veía de lo más tranquilo, como si estuviera yendo al cine. Mucho menos en la joven asiática de nariz chata que tenía atrás y que no paraba de hablar por su celular. Tampoco leyó las noticias, sino que saltó directo al horóscopo de Walter Mercado, que hablaba de tormentas emocionales asociadas con un eclipse lunar y recomendaba prudencia ante todas las cosas y dedicar tiempo a una actividad de índole espiritual, como rezar o meditar, consejo que siguió de inmediato, primero repitiendo sin pensar avemarías y padrenuestros (no se sabía otras oraciones), después repasando el significado de cada frase de las oraciones, como si ocultaran mensajes ocultos y al final, desesperado, porque le dio por imaginar las posibles consecuencias de su enfermedad: divorcio, operación, impotencia, despido o, nunca se sabe, muerte. Por fin llamaron su número y fue recibido otra vez por el trabajador voluntario de vocación firme que lo saludó con cara de entenderlo todo, como los santos, y admitió enseguida que la existencia de una partícula externa era un mal indicio. El síntoma no cuadraba con su caso, a menos que hubiera mentido y hubiese tenido relaciones sin protección. M le dijo que, de ser así, se lo habría dicho en su momento. A fin de cuentas él era el paciente y no iba a esconder información que le terminaría haciendo daño a él mismo. El trabajador voluntario le propuso examinarlo a título extraoficial, para lo cual podrían pasar al baño privado, reservado para los empleados, con la condición de que no dijera nada porque le estaba vedado opinar sobre asuntos médicos. Si lo examinaba se jugaba su carrera, que era lo que más le importaba en la vida. M aceptó la oferta sin pestañear. En el baño, que parecía el de una estación de servicio latinoamericana (inodoro diminuto, escaparate sostenido por clavos oxidados, leve hedor a orina), el trabajador voluntario se hizo de un llavero-linterna, una navaja suiza con lupa y dos paletas de madera balsa de las que los doctores usan para sostener lenguas. Cogió las paletas con la mano derecha, como si fueran palitos de comer orientales, y atenazó el miembro de M, mientras alumbraba con la linterna-llavero sostenida por la boca y miraba cuidadosamente a través de la pequeña lupa que agarraba con la otra mano. Así, como un contorsionista, examinó a M por un rato, treinta segundos tal vez, durante los cuales emitió un mugido sostenido que parecía significar que estaba concentrado y que lo que tenía no era algo que se pudiera diagnosticar al primer vistazo. Y eso fue lo que le dijo: no tenía ni la más remota idea de lo que tenía. Eso sí, no creía que la doctora se hubiera equivocado en su primer diagnóstico, porque en lugar de enfermedad venérea, su dolencia parecía un asunto dermatológico, o más bien urológico, en el peor de los casos oncológico, o bien podía ser una enfermedad que debía ser tratada por diversos especialistas, como lo puede ser un tumor en formación o un hongo desconocido. Lo que debía hacer era justo lo que estaba haciendo, procurar la opinión de la doctora, porque el suyo era un caso peculiar, una curiosidad médica, algo que contarles a los nietos. Lo importante era que no se preocupara, porque no hay que preocuparse por los problemas, sino por cómo resolverlos. "¿Y cómo se resuelve un problema que no se entiende?", le preguntó M al trabajador voluntario, que le dio una palmadita en la espalda y le dijo: "Mire, aunque no lo parezca y aunque no tenga tanta experiencia como yo, la doctora es buena. No la juzgue por su apariencia. El hecho de que se quede mirando a la nada con la boca abierta no quiere decir necesariamente que sea bruta. Si le soy franco, a mí me parece mucho mejor que el doctor anterior, un pobre muchacho que metía la pata a cada rato. No sabe las burradas que cometía el pobre. Se pasaba uno el día limpiándole las embarradas".

La doctora lo recibió de espaldas y le pidió disculpas por la descortesía. La sorprendió estudiando su expediente, dijo a manera de excusa, aunque era evidente que no estaba leyendo nada, sino que escribía compulsivamente con un bolígrafo barato sobre un papel arrugado. Esta vez traía puestos guantes de látex, unos anteojos con una suerte de microscopios incorporados al centro de las lentes, una linterna de minero en la frente y una sonrisa. M se alistó sin que la doctora se lo tuviera que pedir. Ella también fue al grano y se puso a palparlo y a preguntarle si le dolía. M no sentía nada fuera de lo común. Era como si el corpúsculo formara parte de su piel. Entonces la doctora le ordenó que se pusiera los pantalones, le pidió que agachara la cabeza para examinársela, y se puso a revisarle el pelo con sumo cuidado, como una madre buscando piojos:

—¿Por qué me revisa la cabeza, doctora? — preguntó M confundido.

—Es un procedimiento estándar para ver si no le está germinando nada allí... ¿Está usando algún shampoo medicado o un tinte para el cabello?

—No, doctora, uso el shampoo que compra mi esposa en la farmacia, creo que es Dove, y el pelo no me lo he pintado nunca.

—¿Y no usa ningún producto para combatir la calvicie?

—No doctora. No le hago caso a eso y tampoco es que sea calvo.

—¿Y ha cambiado de marca de shampoo o jabón recientemente?

—No.

—¿Y ha consumido alguna droga ilegal en los últimos tres meses?

—Para nada. No.

—¿No está consumiendo mandarinas?

—No, ¿cómo cree? Si eso está prohibido —dijo M ofendido.

—La prostitución también está prohibida y eso no parece haber sido un impedimento para usted. Mire, yo no soy policía. Lo que quiero hacer es descartar la posibilidad de que usted haya hecho algo y no se acuerde, y las mandarinas, que se están consumiendo mucho entre profesionales de su perfil, pueden sustituir memorias reales por alucinaciones sin que los pacientes se den cuenta. Temo que usted haya olvidado el origen de su enfermedad. A este nivel cualquier indicio que tenga, cualquier sospecha nos puede ser útil. ¿Tiene algún síntoma que no haya reportado, o algo más que quiera reportar?

—Ahora que lo dice, sí —dijo M pensativo—
. Me acaba de salir este hongo en el dedo gordo
del pie derecho, pero no le había hecho caso. Es
feo, pero pequeño. ¿Usted cree que tenga algo
que ver con lo que tengo?

—A ver, muéstreme…Muy buen hongo.
Buen signo —dijo la doctora mientras le hurgaba
la uña—. ¿Se lo ha tratado con algún
medicamento?

—No, no le había hecho caso porque estoy
más preocupado con lo otro.

—Hizo bien en no automedicarse: pudo
haberle hecho daño a la uña. No se preocupe. El
hongo no es importante. Ya lidiaremos con él en
su momento. Vístase, por favor… Voy a serle
sincera. Nunca había visto un caso como el suyo.
El corpúsculo tiene todas las características de un
tejido vegetal y, curiosamente, es muy similar al
botón de una mata. Parece encontrarse en
proceso de transformación. En otras palabras,
pareciera que está por retoñar antes de lo previsto
y eso no tiene sentido. Lo voy a referir a un
doctor en quien confío ciegamente, uno de los
mejores médicos que he conocido en mi vida: el
doctor Badur. Es muy famoso, pero estoy segura
de que le va a dar prioridad a usted porque le
fascinan las rarezas. Si le parece, le voy a pedir
que espere un momento afuera para llamar en
privado al doctor y tratar de arreglar una cita.

Al salir, M sorprendió al trabajador voluntario
husmeando detrás de la puerta, pero el empleado,

en lugar de mostrarse avergonzado, se comportó como si fuera normal espiar pacientes y le dijo con absoluta tranquilidad: "¡Qué afortunado es usted! Yo, que le he dedicado mi vida a este negocio, sólo he visto una vez en mi vida al doctor Badur, y usted, que viene a tratarse un día equis, va a tener el privilegio de verse con él al primer intento. Badur es todo un señor, un verdadero caballero, y tiene... ¿cómo decirlo?, mucho carisma, mucho ángel. Es igualito a Kissinger, idéntico, hasta los mismos anteojos de pasta gruesa lleva el condenado, y es muy... la palabra no es 'viril', pero es como 'masculino', 'recio', no sé cómo decirlo. Es un hombre muy atractivo sin ser atractivo. ¿Usted me entiende? Lo vi en persona una vez que vino a buscar unos ejemplares. Dicen que tiene una colección valiosísima. Usted tiene mucha suerte. En cambio yo...". La doctora interrumpió el discurso emocionado del empleado sin excusarse. Tenía buenas noticias. El doctor podía recibirlo en su casa en media hora. Vivía en Coral Gables, de modo que tenía tiempo de llegar. Verse con Badur y en su propia casa era un verdadero privilegio. Sólo quedaba un pequeño detalle. Debía firmar unos documentos antes de irse, y le entregó unos papeles sueltos con manchas de café, escritos con bolígrafo azul en caligrafía infantil y llenos de tachaduras que M, absorto en sí mismo, firmó sin leer.

Apenas se montó en el carro, M llamó a Tammie y le confesó que iba camino a visitar un especialista porque le había salido una cosa muy extraña en el glande, un corpúsculo verde intenso que parecía una hoja microscópica. No tenía ni idea de qué podía ser. No le había contado en la mañana porque pensó que no tenía importancia, pero luego se fijó bien y comenzó a sentirse nervioso: podía ser un tumor. Tammie le dijo que estaba segura de que no tenía nada y que era demasiado miedoso y cobarde. M se sintió aliviado por haberle contado. El secreto le pesaba tanto como el miedo a la enfermedad.

La casa del doctor Badur era una típica mansión sureña; una rareza en Miami, ciudad que no parece tener pasado. Tenía un frontispicio neoclásico con un remate triangular y un porche con sillas columpio, como si la hubieran sacado de Lo que el viento se llevó. Pero lo que tenía de grandiosa le sobraba de descuidada: el jardín estaba invadido por la maleza, las columnas forradas de moho, y el frente llevaba tanto tiempo sin pintarse que era imposible determinar su color original. M se fijó bien antes de bajarse del carro porque, aunque no vio nada, estaba convencido de que lo acechaba una pareja de perros bravos. Caminó muy despacio hacia la casa para no atraer a las bestias que no veía.

Encontró la puerta abierta y la casa a oscuras. Golpeó la aldaba dorada en forma de cabeza de león sin que nadie respondiera. Siguió golpeando, hasta oír a una mujer disculpándose por haberlo hecho esperar. Era una señora de piel tostada, pelo rubio tratado en salón de belleza lujoso, labios hinchados como picados de abejas y rostro planchado de los que dificultan calcular la edad. La seguía una niña de unos siete años que podía ser lo mismo su nieta que su hija y que parecía una muñeca con su nariz respingada y sus bucles de oro.

—Usted debe ser el señor M. Lo estábamos esperando. Pase adelante, por favor —dijo la señora de edad indefinida.

—Muchas gracias señora. ¡Qué oscuridad!

—Es por la colección. Tenemos muchas piezas de papel que hay que proteger de los efectos de la luz. La luz de Miami es implacable. Yo digo que reseca el corazón. Con el tiempo nos hemos acostumbrado a vivir a oscuras. Si me sigue con cuidado no tropezará con nada.

La colección era una acumulación caótica de objetos de variopintos: jeringas de plástico usadas, piezas precolombinas, aves disecadas, frascos de Tylenol viejos o huevos Fabergé tirados sobre montones de ropa sucia. Las paredes estaban cubiertas de cuadros dispuestos unos sobre otros al estilo victoriano. Algunos parecían reproducciones baratas; otros, obras maestras importantísimas. "Ese ratoncito es una quimera", le contó la niña a M, señalando un ratoncito blanco. La señora de edad indefinida lo invitó a acercarse: "Parece un ratón disecado cualquiera, pero no lo es. Es uno de los ratones de Jaenisch, los primeros animales genéticamente modificados de la historia. Badur tuvo el privilegio de entrenarse con Jaenisch. Si desea lo puede tocar. A Badur le fascina que la gente interactúe con las piezas. Eso sí, hágalo con cuidado. Mire que cuesta una pequeña fortuna". M palpó el ratoncito con el dedo índice. Lo sintió duro y seco, como corresponde a un animal disecado, y se preguntó por qué la señora lo trataba como si hubiera venido a una visita guiada: "La colección ocupa la casa entera, incluyendo las habitaciones de arriba, el ático y el sótano, que utilizamos como depósito y por supuesto, el vivero. A veces me provoca tirar todo, pero sé que me arrepentiría. A estas alturas de mi vida no sabría cómo vivir sin la colección. Mi relación con ella es como un matrimonio por conveniencia. La recámara de la derecha está dedicada a los especímenes teratológicos, los favoritos de Badur, pero está cerrada por renovación".

La acumulación de trastos empeoraba en los pasillos: pilas de libros viejos encuadernados en pergamino y cuero; instrumentos médicos oxidados; macetas enormes con plantas de aromas insólitos; colecciones de especímenes que iban de los antiguos, con órganos y tejidos sumergidos en formol, a los ultramodernos, almacenados en vitrinas refrigeradas, y torres de catálogos obsoletos de medicinas que parecían guías telefónicas viejas. M se imaginó al doctor

Badur jugando con su colección, hurgando especímenes con entusiasmo infantil cuando se encontraba a solas, tocando una bacteria con el dedo índice para reafirmar que le pertenecía, o burlándose de los errores en los efectos de alguna medicina listada en los catálogos viejos. Pero lo que más le impresionó fue un cuadro antiguo que vio en la recámara más amplia de la casa: el retrato a escala humana de un hombre con el rostro peludo, como una especie de hombre mono. El modelo tenía la mirada derrotada de un animal recién azotado, unas manos blancas y delicadas que contrastaban con el pelambre que le cubría el cuerpo entero como un disfraz de gorila, e iba vestido con una toga verdinegra y gorguera blanca a la moda del siglo XVI.

M sintió una peste a perro mojado e imaginó que venía de los perros que presintió al llegar a la casa, pero se dio cuenta de que el hedor brotaba de una enredadera que rodeaba el retrato antiguo. La anfitriona le comentó que el cuadro llamaba mucho la atención de los niños y la gente simple, pero que en realidad se trataba de una obra menor. M le preguntó quién era el personaje retratado y por qué olía mal. La señora respondió que nadie sabía. Al parecer la obra no era tan vieja como parecía y su valor artístico era nulo: "Usted sabe cómo son los expertos. Un día dicen que un cuadro es falso y otro que es una obra maestra perdida. En cuanto al olor; no sé de qué habla. Yo no siento nada. En todo caso, conviene apurarse.

Se está haciendo tarde y a Badur no le gusta esperar".

El empleado voluntario del consultorio tenía razón: el doctor Badur era la copia exacta de Kissinger, no sólo físicamente, sino en el vestir (lentes de pasta gruesa, traje azul y corbata vino tinto). Se parecían hasta en la voz de cigarra. La única diferencia evidente entre el médico y el político estaba en el pelo rojo encendido del primero. El doctor despidió a la señora con un gesto, le pidió a su nuevo paciente se sentara y le preguntó si le apetecía acompañarlo con un trago de whisky. M asintió y el doctor le sirvió un whisky doble seco de un frasco de cristal de vidrio fino, como los que salen en las telenovelas.

—Thérèse me dio una descripción bastante completa de su caso. Es muy interesante —dijo el doctor Badur con su voz de insecto.

—Gracias por aceptar verme tan rápido, doctor.

—De ninguna manera. Gracias a usted por venir. No voy a mentirle. Soy una persona ocupada. Entre el trabajo y mis caprichos, apenas tengo tiempo, pero si hay algo que no puedo resistir es un caso especial. Pero vamos al grano. Quítese los pantalones y los calzoncillos. Lo quiero ver como Dios lo trajo al mundo.

El doctor se puso su equipo (guantes de látex, linterna de minero y lentes con microscopios incorporados, como la doctora Thérèse) y se arrodilló frente a M con la destreza de un adolescente. Quedó con el rostro justo a la altura del miembro del paciente, que cogió con la mano derecha y observó en silencio. Al principio no hizo sino mirar por un rato. Luego se puso a soplar con fuerza, como si quisiera apartar el corpúsculo con su aliento. Cuando terminó de soplar, el doctor se veía tan cansado que M pensó que se iba a desmayar, pero en vez de colapsar, comenzó a palparle el glande y a preguntarle si le dolía:

—No me duele, y eso que me está tocando duro. No creo que sea buena idea que siga apretando así.

—Disculpe. Nunca he sido un hombre delicado. Ahora mismo voy a proceder a tomar una pequeña muestra con este instrumento —le mostró un cortaúñas nacarado ilustrado con rosas—, pero antes le voy a untar una dosis de anestesia local. No se asuste. La anestesia es preventiva. En teoría, si no se la pusiera no debería sentir nada. Por supuesto, no se trata de una teoría que queramos comprobar por nosotros mismos, ¿o sí? —agregó el doctor mientras le aplicaba la pomada en el glande.

—¿Me va a cortar con eso? Parece un cortaúñas.

—Qué ocurrente es usted. Me causa gracia —replicó el doctor justo antes de arrancar su muestra sin darle tiempo de reaccionar al paciente y depositarla en una cajita blanca de plástico con un algodón adentro, como de joya de fantasía—. ¿Vio que no le dolió?

—Es verdad, doctor, no sentí nada.

—Ahora agache la cabeza. Tengo que hacerle una prueba —dijo el doctor, antes de meterle la nariz en la cabellera, aspirar profundamente tres veces y rematar con un golpe de nudillo en el punto más alto del cráneo.

—¿Por qué me pega? —se quejó M, adolorido.

—Qué divertido es usted —dijo el doctor soltando una carcajada—. No le pegué. Le di un "karýda". Lo hice para sentir la profundidad craneal. Es el paso final de un método antiguo que no ha sido superado por la medicina moderna. Se llama "olfacio et karýda" y me ha permitido concluir que no le ha germinado nada en la cabeza todavía. Esas cosas no brotan de un día a otro, hay que saber esperarlas. Por cierto, tiene la cabeza dura como un coco.

El doctor se negó a ofrecer un diagnóstico sin contar con los resultados de una serie de exámenes, pero avanzó dos posibilidades. La primera, la más obvia, era que se tratara de "un retoño anticipado": A primera vista, parecía que le estuviera creciendo una solanácea en el pene. Pero explicó que las matas no retoñan en el pene, sino en el cuero cabelludo y tardan años en hacerlo las raras veces que lo hacen. La segunda posibilidad era que tuviese una mutación del síndrome de Ambras. Lo bueno, lo importante, era que el corpúsculo parecía estar contenido. Si actuaban con rapidez podían extirparlo a tiempo, pero antes necesitaba hacerle varios exámenes.

—¿Y qué consecuencias tienen las enfermedades que mencionó? —preguntó M entre la angustia y la esperanza.

—No tiene por qué preocuparse. Aún en el peor de los casos, si se tratara de un tumor maligno, estamos a tiempo de combatirlo y yo creo que su condición es benigna. Rara, pero benigna… La doctora me dijo que tiene un hongo en una uña. ¿Tendría la amabilidad de mostrármelo?

—Con gusto, doctor. Mire, aquí está —dijo M estirando el dedo gordo del pie derecho.

—Es una belleza de hongo —comentó el doctor enternecido, como si estuviera hablando de un bebé recién nacido—. Si lo operamos aprovecho y le remuevo la uña. Así matamos dos pájaros de un tiro. Por cierto, ¿tiene seguro médico?

—Sí tengo —M le mostró su tarjeta del seguro.

—Estupenda noticia —dijo al descubrir que trabajaban en el mismo conglomerado de compañías—. Yo atiendo en el Belén. Veo que somos colegas lejanos. ¿Desde cuándo trabaja en la compañía?

—Casi cinco años.

—¿En la sede corporativa?

—Sí, en Blue Lagoon.

—Eso quiere decir que sus datos están en el sistema, de modo que el papeleo será mínimo. Y no se preocupe. Sé exactamente lo que está pensando en este momento —dijo el doctor cambiando de tono, como si le estuviera contando un secreto—. De acuerdo al informe su primera visita a Thérèse fue por un posible contagio venéreo. Supongo que debe sentirse ansioso ahora que sabe que trabajo en el Belén. Pues aprovecho y le cuento más: Gamble y yo tenemos una larga historia. No sabe por lo que hemos pasado juntos. Si se lo contara, no lo creería. No lo digo para asustarlo. Por el contrario, puede contar conmigo. Si hay algo que me caracteriza es la discreción. Le aseguro que nada de esto va a afectar su posición. Lo único que le pido es que confíe plenamente en mí.

—Claro que confío en usted. ¿Cree que esto sea venéreo?

—Hay la posibilidad, pero sería muy difícil de comprobar. Me dice Thérèse que está casado.

—Sí, doctor. No quiero preocupar a mi esposa. Sobre todo sin saber lo que tengo.

—Debe pensar muy bien lo que le va a decir. Una operación de este tipo puede ser difícil de justificar —advirtió el doctor.

—Sí, es complicado. ¿Qué sugiere que haga?

—Le voy a hacer un favor por solidaridad laboral. Al fin y al cabo, y aunque trabajemos en divisiones diferentes, somos miembros de la misma familia, parientes corporativos. Yo a usted le voy a ofrendar una coartada. Le voy a dar un certificado que diga que lo que usted tiene es una verruga benigna y eso mismo voy a registrar en el sistema. Eso lo voy a hacer porque siento solidaridad laboral con usted, pero también porque quiero algo a cambio. Como dicen por allí: "En este mundo no hay almuerzos gratis".

—¿Y qué quiere a cambio, doctor?

—Nada complicado, quiero el derecho a quedarme con los especímenes que le extirpemos en la operación para la colección. Si está de acuerdo, necesitaría que me autorice formalmente a conservar el corpúsculo y la uña.

—De acuerdo. Vamos a hacerlo.

—Un último detalle. Lea este documento con calma. Internalícelo y téngalo en mente cada vez que me vea —le dijo el doctor, entregándole una fotocopia arrugada—. Es una lista de los deberes de los pacientes. La mayoría de los hospitales publican los derechos de los pacientes y se olvidan de que para ganarnos los derechos, primero tenemos que cumplir con nuestros deberes. Apréndaselos bien.

—Puede contar con eso, doctor.

—Tengo un buen pálpito con usted. Creo que es un paciente ejemplar. No se imagina lo escasos que se han puesto.

12

El verdadero rostro de Venus
Londres, 2013

Martín, sentado al borde de la cama, contempla con ternura el apacible despertar de M y le pregunta cómo se siente. M se siente extremadamente bien: vigoroso y tranquilo, relajado y fuerte, en control absoluto de todos sus sentidos. Es como si el tratamiento le hubiera quitado diez años de encima y con ellos, todas sus preocupaciones. Martín le asegura que ese es apenas el principio. Lo que siente no es nada comparado con el bienestar que sentirá una vez lo termine de alumbrar:

—Estabas tupido. Me hiciste transpirar muchísimo. Necesitás una segunda ronda más profunda para estimular el alumbramiento. Por cierto, dejaron la llave de tu habitación mientras dormías, ya está lista. ¿Morfamos? Lo ideal para el tratamiento es comer carnes rojas. ¿Querés rosbif? Podríamos ir al hotel que dijo la Belkis, el Savoy, allí seguro preparan un buen rosbif.

—Me encantaría ir, pero no puedo. Tengo un compromiso con un amigo —dice M mientras estira su cuerpo desnudo.

—Decile a tu amigo que venga. Yo convido.

—No es así de fácil. Tengo que tratar un asunto privado con mi amigo, algo complicado, medio embarazoso. Se podría molestar si te ve… Como no te conoce…

—Me parece el colmo que después de este tratamiento que te he obsequiado no me invités —dice Martín alterado—. Yo he visto cosas en vos que más nadie ha visto. Es que ni siquiera tu mujer te ha visto tan a fondo. Hay una fuerza superior que me quiere allí y que está ejerciendo mucha presión sobre mí. No me puedo dar el lujo de ignorarla sin atenerme a las consecuencias, que, te advierto, podrían ser terribles. Vos estás a punto de vivir un proceso de transformación que se ha estado gestando por años, y yo estoy comprometido a canalizarlo.

M piensa que Martín está un poco loco, pero que le va a caer bien a Sebas. Además, si Sebas es actor porno, no debe ser lo que se dice pudoroso. De modo que cede a la presión, le da las gracias a su nuevo amigo por el tratamiento, y le pide unos minutos para retirarse a tomar un baño antes de salir.

La de M es una habitación estándar: armario en el pasillo con perchas de madera, mesa de planchar y caja fuerte miniatura; baño con paredes de mármol; minibar bien provisto (saca una botella de agua con gas); televisión pantalla plana (el canal Bloomberg informa sobre una caída de cien puntos en la Bolsa de Nueva York) y un escritorio al lado de la ventana desde donde se ven la cúpula de la catedral de San Pablo a la izquierda y el edificio de la Tate Modern con su chimenea colosal a la derecha.

M revienta un pedo profundo que ha estado aguantando desde Miami. Cree haber perdido peso en las últimas horas, cerca de dos kilos. Echa una cagada rápida que termina de entonarlo. Sea lo que sea, lo que le hizo Martín tiene efectos mágicos. Se siente más joven, como si le hubieran engrasado las articulaciones y entonado la cabeza. Antes de meterse en la ducha, llama a Tammie para reportarse. Es lo primero que hace cuando se instala en un hotel.

—¿Cómo está Chris? ¿No ha preguntado por mí?

—No seas ridículo, Chris nunca pregunta por ti—responde Tammie enojada—. Está bien, como siempre. ¿Cómo más va a estar? Eso sí, poniendo peros para el entrenamiento de fútbol. Es un problema grave que se resista a la actividad física. Si dependiera de ti estaría obeso, pero eso no va a pasar porque yo no lo voy a permitir.

—No es para tanto. Es normal que un niño no quiera ir al fútbol.

—Será en tu familia, porque en la mía nunca nos quejábamos cuando nos mandaban a clases y no sabes la cantidad que tomamos, y eso que en esa época no era común que lo metieran a uno en clases, mucho menos en Ecuador. Gimnasia rítmica, piano, artes plásticas, hasta en clase de bailes típicos me metieron. La chacarera aprendí a bailar. Imagínate tú a una gringa bailando la chacarera. Creo que se decía así, chacarera... Lo que necesita Chris es disciplina, pero contigo viajando tanto es muy difícil. Deberíamos cambiarlo de colegio, meterlo en el Belén, un colegio decente donde tenga buenos profesores y se codee con gente que en el futuro le abra puertas, pero para eso necesitamos plata. Supongo que ya habrás hablado de tu aumento con Míster Gamble.

—No, mi amor, apenas estoy entrando a mi habitación y no me ha dado tiempo de hablar con nadie, pero no te preocupes, cuando lo vea le digo. ¿Y tú? ¿Qué tal tu día?

—Hasta el cuello, como siempre. Alfred no puede vivir sin mí. Es que la gente es muy inútil y yo siempre termino resolviéndolo todo, pero en el fondo esa es una maldición, porque Alfred depende demasiado de mí.

—Esta tarde me veo con Sebas —se atreve a contar M.

—¿Con los Heredia?

—No, con Sebas solo. Tengo que hablar con él una cosa en privado.

—¿Y qué tienes que hablar tú con Sebas en privado?... Ya va —Tammie murmura algo y se disculpa con M por tener que colgar. Alfred la necesita con urgencia.

M se lamenta por no haber podido contarle a Tammie la historia de Sebas y el porno. En casos como este las postergaciones suelen pagarse caro, especialmente con Tammie, que tiene un talento especial para recordar sus errores. Toma la resolución de decírselo la próxima vez que hablen y se prepara para tomar un baño. Mientras se calienta el agua, se distrae con una guía de recomendaciones para turistas. Tal como imaginaba Martín, el hotel Savoy tiene un restaurante famoso por su rosbif, o por lo menos así lo promete un anuncio con una fotografía de un rosbif rebanado, goteando sangre y tostado por fuera que se le hace agua la boca. Toma un baño. El vapor, que cubre la puerta y los espejos, le hace pensar en la famosa neblina del Londres del siglo XIX, tan diferente a esa ciudad de cielo abierto que lo recibe hoy. Piensa en Sebastián y Tadea, en lo valientes que son y en la oportunidad que se le está presentando de ser valiente como ellos. Se siente pura fuerza.

Abre la maleta y se da cuenta de que dejó la ropa interior en Miami. No es la primera vez que le sucede. Le pasa la nariz al calzoncillo que trajo puesto. Los bordes huelen a rancio. Mejor no ponérselos. Decide ir sin calzoncillos y comprar una docena a la primera oportunidad.

Llama al móvil de Sebas, que contesta con un acento británico y una voz gruesa que contrastan con el acento americano del niño miamense que recuerda. M quisiera tener el acento de Sebas, y su voz, y su edad, y su valentía, porque hay que ser valiente para hacer un video porno. Quedan a las siete en el mismo bar donde se encontró con los Heredia en su viaje anterior, un pub apestoso en Tufnell Park. Según Sebas, lo han renovado y a Tadea le gusta mucho. M le advierte que irá con un amigo de confianza. Sebas preferiría que no llevara a nadie. M se justifica:

—No te preocupes. Es un tipo confiable, discreto. Estoy seguro de que te va a caer bien. No te preocupes para nada. Yo soy incapaz de enredar las cosas. Si quisiera hacerlo, ya hubiera hablado con Eddie.

—No tengo ningún problema con que hables con mis viejos.

—Ese no es el punto, Sebas. Mira, yo no voy a hacer nada sin hablar contigo antes. En cuanto a mi amigo, es muy buen tipo. Si lo estoy llevando es por algo. Ya verás. Confía en mí.

—Whatever. Nos vemos a las siete —dice Sebas, y cuelga sin despedirse, como hacen en las películas.

M se pone unos pantalones de caqui delgado, agradables al tacto, una camisa blanca de manga corta por fuera y un suéter de casimir con cuello en V que se ata en la cintura (en Londres siempre hay que llevar suéter). Le divierte ir sin ropa interior. Al bajar, encuentra a Martín conversando, mapa en mano, con la misma recepcionista negra de rostro anguloso que los recibió. Le pide orientación para ir a dos sitios: la Galería de Arte Nacional y una oficina en el Soho donde "precisa" hacer una parada rápida. Cuando Martín termina de hablar con la recepcionista, M le cuenta al oído que olvidó la ropa interior en Miami. Se ríen del incidente y acuerdan un itinerario: por insistencia de Martín, primero harán una visita relámpago al museo, seguida de una diligencia en el Soho; de allí harán un toque técnico en el Marks & Spencer de Oxford Street para comprar calzoncillos y a las siete en punto se encontrarán con Sebas en Tufnell Park.

La recepcionista les sugiere usar el servicio de transporte del hotel. Martín acepta sin consultar el precio y pide que carguen el gasto a su habitación. Les asignan un Mercedes negro con un chofer polaco de nombre Rafal que balbucea el español. Rafal les cuenta que pasó casi un año en México, en Hermosillo, donde vivió con Chalito, una novia que conoció en Londres y a la que todavía ama con locura. La tuvo que dejar por las presiones constantes de los suegros, que nunca le perdonaron que estuviera desempleado. Se la pasaban conspirando en su contra. Lo acusaban de bueno para nada, lo cual era muy injusto, pues casi no hablaba español y en Hermosillo nadie hablaba inglés, excepto algunos jefes de las maquiladoras, una gente muy excluyente, incapaz de dirigirle la palabra a un polaco desocupado. La verdad es que esos señores de Hermosillo eran racistas a pesar de tener rasgos indígenas, como la piel morena y lampiña, los ojos achinados, los pómulos salientes y el pelo lacio, grasoso y prieto. Lo triste es que está convencido de que Chalito todavía lo quiere. La llama de un amor así no se consume nunca. Le escribe mensajes de texto a diario deseándole cosas buenas, porque eso es lo único que Rafal quiere, cosas buenas para Chalito.

La ingrata nunca responde. Hoy le escribió deseándole "prosperidad", una de sus palabras favoritas en español. "Prosperidad", ¡cómo le gusta la palabra! Suena muy bonito, musical, especialmente si se compara con su equivalente en polaco, "powodzenie", una pinche palabra. ¡Y el concepto! Cómo le gusta el concepto de "prosperidad". Si hay algo que desea es "prosperidad" para los suyos y para sí mismo, dice Rafal antes de dejar a sus pasajeros en la Galería de Arte Nacional.

Martín agradece que los museos en Londres sean gratuitos, no por el dinero: el dinero es lo de menos, sino porque no hay que esperar para entrar, como en el Louvre o el Prado, donde se puede pasar uno horas en una fila. Se encontró con la Venus del espejo de Velázquez por primera vez en un viaje que hizo a finales de los ochenta, cuando se debatía entre su carrera corporativa y sus proyectos personales. El cuadro le cambió la vida. Desde entonces lo visita cada vez que viene a la ciudad. Conoce su ubicación exacta, en la Sala Española, y no repara en ninguna otra obra en el camino. No le incumben los Romanino ni los Previtali. No le importan los Moroni. Ni siquiera se fija en los Goya de la Sala Española. Lo único que le importa a Martín es la Venus del espejo, que por fin contempla en silencio junto a M. La observa solemnemente por dos minutos, como peregrino frente a un altar, y luego cierra los ojos en intervalos, en un intento consciente de, según confiesa, "aprenderse los detalles, como se aprende un poema". Cuando termina el ritual, le cuenta a M cómo fue su primer encuentro con la obra: un día, estando en Londres para cerrar un contrato millonario de insumos de telecomunicaciones, le dio una depresión enorme en medio de una reunión. Sin motivo aparente, de un momento a otro, como si le hubieran abierto los ojos, se dio cuenta de que estaba llevando una vida gris, insignificante, similar a la de sus proveedores, que eran las personas más aburridas que había conocido en su vida. Había uno en especial que tenía una papada enorme y una mirada triste, anfibia, y que en vez de hablar parecía leer un manual de instrucciones cada vez que abría la boca. Martín se proyectó en ese rostro anodino y se percató de que era el reflejo de su alma. Su obsesión con el trabajo lo estaba llevando a perderlo todo: los amigos, la pareja, la vida misma. Estaba desmotivado, melancólico, cansado; las pocas cosas que hacía, las hacía sin ganas. Lo peor es que no tenía la menor idea de lo que quería hacer, porque una cosa es estar disconforme con una situación y otra muy diferente saber qué se quiere hacer en cambio. Salió de la reunión deprimido y se fue a caminar sin rumbo. Cree que anduvo cuatro horas vagando por el centro de Londres. No sabe cómo terminó entrando al museo. El hecho es que llegó al sitio exacto donde están parados en este instante. Allí mismo vivió una epifanía, la primera y más importante de su vida:

—Estaba justo aquí, contemplando el cuadro y me desdoblé. Fue como si mi alma se hubiera despegado de mí, pero no para volar y verlo todo desde arriba, como suele suceder en los viajes del alma tan ampliamente documentados. No, mi alma se quedó dentro de mí, pero como si fuéramos dos personas. Una, el Martín del pasado, y otra, un Martín nuevo. El Martín del pasado implosionó, y yo, el Martín que vos conocés, me quedé aquí, frente a esta maravilla. La experiencia me dejó perplejo, preguntándome qué poderes tenía esa obra que podía hacerme renacer así y darme tanta paz. Porque yo nunca he sentido tanta paz como ese día. Al principio pensé que lo que me había pasado tenía que ver con la Venus y su belleza. Porque tenés que admitir que no hay mujer más bella que esa en el mundo. Pero luego me fijé bien en ese espejo y me di cuenta de lo obvio. Fijate: ¿qué ves vos en el espejo que sostiene Venus?

—Eso, la cara de la Venus borrosa, como con los cachetes rosados —responde M.

—Fijate bien.

—Pues veo lo mismo. ¿Se supone que vea otra cosa?

—A primera vista el rostro que se ve en el espejo parece el de la Venus, pero si te fijás bien te darás cuenta de que es el mío. Mirame. Idéntico. Hasta la barba se me ve. Yo soy el que sale en el espejo, pero si lo ves en negativo. Fijate bien.

—Yo no veo nada —insiste M.

—No estás listo todavía. No importa. Cuando termines el tratamiento todo esto será irrelevante. No tenés idea de la metamorfosis que estás a punto de vivir. Igual te explico: lo bello es bello porque forma parte activa de la belleza, porque es sujeto de la belleza, mi belleza en este caso, manifestada en mi representación física en el cuadro. Eso es lo primero que debés tomar en cuenta. Lo segundo es la esencia. Hay algo más allá de nosotros que es lo que nos sostiene, lo que nos justifica: nuestra esencia. Algunos lo llaman alma. Ese es el verdadero objeto de la mirada de Venus, mi alma. Por eso el rostro que se refleja en el espejo es el mío, que es bello, precisamente, porque participa en la obra y aunque lo hace de una manera pasiva, está detenido en el tiempo, como en trance. Fijate. Tratá de verme otra vez, pero ahora concentrate en el aura del cuadro.

—El cuadro es muy bonito, pero yo ni veo tu cara en el espejo, ni le veo un aura al cuadro. ¿Cómo se supone que se le ve un aura a un cuadro? ¿Como la aureola de un santo?

—Esto va a tomar más tiempo de lo que pensaba. Te explico: el aura es un reflejo de lo que nos distingue en un espacio y un tiempo precisos, como la huella digital de nuestra alma. Es una especie de secreción metafísica; por eso la sentimos antes de verla. Por ejemplo, el aura de este cuadro es del mismo color que la tuya, de un rojo claro y profundo. Ahora que están al lado, se confunden las dos. Es lindo verlas juntas. ¿No sentís nada?

—Nada, aparte de que la obra me parece muy bonita, no siento nada.

—Ya llegará el momento en que entenderás. Por ahora conformate con apreciar la belleza de la Venus. ¡Qué bella que está! Esas nalgas suaves, la cortina carmesí, el reflejo de mi rostro incompleto en el espejo, como diciendo que la belleza no puede ser perfecta, que tiene que estar inacabada.

—Pues yo no veo nada — insiste M—. Creo que estás alucinando. Esa no es tu cara. Además, la Venus no es tan bonita como dices. Es verdad que comparada con el promedio de mujer en otras obras de arte la Venus está bien, porque las mujeres en los cuadros suelen ser feas, medio gorditas, medio flojitas. Ni siquiera las de Modigliani, que se suponen sensuales, están lo que se pueda decir buenas. Lo único sensual que tienen las de Modigliani son las matas de pelo en los sobacos. Tu Venus está bien, pero no si la comparas, por ejemplo, con una foto de esas que venden en la calle. Eso sí es belleza ¿Has visto los videos que hace Hustler? No estoy hablando de las revistas, que están muy bien, sino los videos de la serie Barely Legal. Eso sí que es arte.

—Sabía que saldrías con algo por el estilo — responde Martín—. Por un lado tenés razón, porque simplemente no podés ver, y lo que decís, lo decís partiendo de tu ceguera. Fijate, la belleza se puede encontrar en los sitios más peregrinos, como por ejemplo los helados que venden en Trafalgar Square. Ahora que andamos con hambre, ¿podés pensar en algo más hermoso que esos conos con nieve azucarada y cremosa que venden en la plaza? Deberíamos comernos uno, porque de aquí a la cena van a pasar dos horas.

Salen del museo como entraron, sin reparar en obra alguna. Se acercan a un camión de helados estacionado en la plaza. M pide un cono de vainilla; Martín, de "frutilla". Se manchan las manos con helado derretido y se limpian con unas servilletas diminutas de papel barato. Los turistas se encaraman en los leones negros de la plaza y se toman fotografías. Martín le propone a M subirse a un león, pero renuncian a la idea por ridícula. Mejor seguir, tienen mucho por hacer.

Rafal les abre la puerta del Mercedes negro y les cuenta, compungido, que Chalito todavía no le ha contestado su mensaje de texto de la mañana. Suben por Charing Cross. Pasan por teatros que anuncian musicales. Martín quiere verlos todos, en especial Thriller. Le encanta Michael Jackson. Le da mucha pena la manera en que murió; la confusión que tenía con su propia identidad. Era un genio atormentado. Rafal vio Thriller y le pareció un musical pésimo. Mamma Mia es mucho mejor. Martín ha visto Mamma Mia tres veces. La obra es buenísima por el efecto colectivo que tiene la música de Abba. Es como ir a una fiesta, termina uno bailando como loco, pero —y en esto coinciden los tres— la película es pésima.

Rafal le pide a Martín que le vuelva a leer la dirección, porque la puerta roja que ven desde el carro parece la entrada trasera de un restaurante chino. Martín le asegura que están en el lugar apropiado antes de bajarse con M. Lo conoce bien.

Tocan el intercomunicador. Les abren sin preguntar quién es. Suben una escalera oscura e inclinada de madera vieja. Una puerta entreabierta deja ver chinos en camisetas de algodón que fuman compulsivamente y juegan dominó de nueve piezas. Suben al último piso. Llegan a una puerta roja con una ventanilla. Tocan. Una anciana china abre la ventanilla y les dice en un tono rudo: "You Martín. Five hundred and seventy two pounds cash now". Martín le entrega tres fajos de billetes de baja denominación atados con ligas. La vieja cuenta el dinero antes de entregarle una bolsa negra. Martín la abre y verifica el contenido: cuatro goteros azules sin etiquetas, idénticos a los que usó para preparar el brebaje en la habitación; dos paquetes de hierbas secas identificadas en chino y cinco bolsas de unas pastillas que parecen gomas de regaliz. Se come una pastilla y le ofrece una a M: "Es parte del tratamiento. Son un poco amargas, pero el sabor se va rápido".

Ya en el carro, Martín le dice a M que tiene pinta de ser talla 34 y de usar calzoncillos tradicionales de algodón blanco. M, sorprendido, asiente. Martín le dice que la preferencia por los calzoncillos tradicionales es síntoma de sensatez. Si bien le inspiran confianza los hombres que visten calzoncillos tipo bóxer, no confía en aquellos que los usan tipo slip, ni en los que prefieren el tipo tanga, mucho menos en quienes usan el tipo tradicional pero en colores chillones, como amarillo o rojo. M comparte las opiniones de Martín con el orgullo cómplice con que se comparten los prejuicios.

Rafal los deja en la puerta principal de Marks & Spencer y les notifica que dará vueltas hasta que salgan porque está prohibido aparcar en la zona. "Malditos terroristas. Gracias a ellos todo está prohibido en esta ciudad. Si pudiera estrangularía a cada uno de ellos con mis propias manos", se queja Rafal solo mientras ve a sus clientes entrar en la tienda y vuelve a buscar sin éxito un mensaje de texto de Chalito.

Martín insiste en acompañar a M a la sección de hombres para ayudarlo a escoger sus calzoncillos. Escogen juntos dos paquetes de media docena, blancos, tradicionales, talla 34. Martín ofrece pagar. M le pregunta si está loco. Martín le dice que para él sería un verdadero placer regalarle los calzoncillos. M insiste en su negativa: sería sospechoso que un consejero de la junta directiva le comprara dos paquetes de calzoncillos a un empleado. Eso no se vería nada bien en su historial laboral. Tiene claro que no se trata de un gesto malintencionado, pero aceptarlo sería inapropiado. Según el manual del empleado, M debe reportar los regalos de los proveedores y documentar dos paquetes de calzoncillos le podría acarrear problemas.

—Sos listo vos. Si de verdad creyeras en esas reglas no habrías aceptado el tratamiento gratis — dice Martín.

—No lo tomes a mal, sé que tienes buenas intenciones, pero no puedo aceptar. Por cierto, estoy acelerado, creo que el caramelo ese me dio taquicardia.

—¿Querés otro? Son cien por ciento naturales.

—Sí, vale, otro.

13

Miami, 2004
Petrus Gonzalvus

Una tarde de verano hace casi diez años, M llegó tarde a casa, cerca de la medianoche. Antes de entrar presintió que algo extraordinario había sucedido y por tanto le convenía pasar desapercibido. Abrió la puerta con sumo cuidado, haciendo lo posible para que las llaves no sonaran y por aguantar las ganas de toser típicas de situaciones como esa. Se quitó los zapatos, los puso a un lado de la puerta y se escabulló en dirección al baño, pero se topó con Tammie en la sala. La encontró llorando, encogida como un bulto en una esquina del sofá. Por un instante, M creyó que Tammie estaba furiosa con él, pero se tranquilizó al descubrir que no sólo lloraba, sino que también reía. Su llanto era alegre. Entonces le preguntó en voz baja qué le pasaba y Tammie, que no se había percatado de su presencia, respondió con un alarido.

M siempre ha sabido que el llanto alegre es importante. Ignorarlo o tratarlo como llanto triste puede ser un error grave; una evidencia de desapego de las que se pagan caro. Debía ser cuidadoso con Tammie, tantearla, acercarse de a poco y, de sentirla lista, abrazarla y escucharla. Sobre todo escucharla. Aunque le costara. Aunque estuviese en contra de su naturaleza. Y eso hizo, tratar de descifrar sus balbuceos y, cuando se acercaron lo suficiente, abrazarla para por fin enterarse de la buena nueva: lo habían logrado, Tammie estaba encinta.

La suerte estaba del lado de M. Entre la coartada del doctor Badur, que había tenido la cortesía de convertir su enfermedad en una verruga vulgar, y el anuncio de la preñez, se supo fuera de peligro y trató de aprovechar y concentrarse en lo que en realidad importaba: su futura condición de padre, la alegría de Tammie, el inminente cambio de estilo de vida. Pero no pudo dejar de sentirse decepcionado por no estar emocionado como una persona normal debía estarlo al enterarse de que iba a tener a su primer hijo. Pensó que si se comportaba como si lo estuviese, eventualmente llegaría a conmoverse, o por lo menos evitaría decepcionar a su esposa. Viéndolo bien, en realidad era normal reaccionar a destiempo ante la paternidad futura: los hombres no tienen una relación física con el embrión. Y decepcionar a Tammie era inevitable, sobre todo ahora que tenía las hormonas revueltas.

Hablaron del futuro, del cuerpo de Tammie, de la manera en que iba a cambiar, a engordar, a desarrollar unas tetas enormes, capaces de dar leche, y cómo eso no le importaba a M, porque no hay nada más bonito en el mundo que una mujer en estado. Discutieron y descartaron nombres. Tammie propuso Alexander, William, Catherine y Antoinette. A M le gustaron todos. El nombre "Christopher" ni siquiera les pasó por la cabeza en ese momento. Tammie dio por hecho que el niño sería hermoso, porque sus abuelos lo eran y, modestia aparte, ella también. Antes de meterse a la cama, Tammie le pidió a M mantener su preñez en secreto por tres meses. Su madre tenía un historial de pérdidas y quería estar segura de que todo estuviera bien antes de contarlo.

Tammie cayó rendida de golpe. Estaba extenuada. M en cambio no durmió esa noche. Al acostarse se puso a pensar en el futuro, en las presiones económicas (manejables, considerando que ambos tenían trabajo), el sexo del niño (se lo imaginaba varón), la escuela a la que lo enviaría (el Belén era ideal, pero quedaba demasiado lejos y era caro) y lo bien que recibirían la noticia sus padres y colegas de trabajo (se sentía a punto de ser aceptado en un club exclusivo); ideas que lo entusiasmaban y no eran motivo de insomnio, porque se sabía listo para la paternidad. Lo que le quitó el sueño fue uno de los diagnósticos que el doctor Badur había aventurado esa mañana: "síndrome de Ambras", enfermedad que decidió buscar en internet antes de volver a intentar dormirse. Encontró toneladas de menciones a la palabra "Ambras" en la red. Era el nombre de un castillo austríaco donde vivió un tal archiduque Fernando II, famoso por una peculiar colección de arte que incluía el único retrato existente de Vlad III "el empalador", imagen utilizada hasta la saciedad en las películas de vampiros por considerarse el único retrato original del personaje que inspiró el Drácula de Bram Stoker. En el castillo de Ambras también había otra obra menos conocida pero más impactante que el cuadro del "empalador": el primer retrato de un individuo con hipertricosis universal congénita, o síndrome de Ambras, la misma enfermedad que M podía estar padeciendo y que siguió rastreando en Google hasta dar con este texto:

Síndrome de Ambras

El síndrome de Ambras, o hipertricosis universal, es una alteración genética que provoca el crecimiento de grandes cantidades de pelo en el rostro y el cuerpo. Existen dos tipos de hipertricosis: la generalizada, que afecta al cien por ciento de la superficie de la piel, y la parcial, que se restringe a áreas específicas como los pies o secciones de la espalda. La enfermedad puede ser congénita (presente al nacer) o espontánea, y no es contagiosa.

Síntomas

El crecimiento abundante de pelo es el único síntoma, sin que este represente riesgo alguno para la salud. El pelo crece en todo el cuerpo a la misma velocidad y en las mismas cantidades que el cabello. Existen mutaciones de la hipertricosis, como la hipertricosis verrucosa, dolencia más extraña que la hipertricosis común y cuyos síntomas, sin embargo, sí afectan la salud de sus pacientes, pues se manifiesta en forma de verrugas dolorosas que pueden cubrir hasta el

60% de la superficie del cuerpo y, en casos extremos, causar la locura y la muerte.

Incidencia

La incidencia de la hipertricosis común es de 0,008%[1]. Hoy en día se estiman 77 casos en el mundo. La incidencia de las mutaciones de hipertricosis es aún menor y se estima en 0,0013%.

Tratamiento

El síndrome de Ambras no tiene cura conocida. Los tratamientos varían e incluyen los métodos de depilación más conocidos, como la electrólisis o la depilación láser. El abuso de algunas técnicas de control del crecimiento capilar, como la rasuración tradicional, puede resultar contraproducente y acelerar el crecimiento del pelo.

La hipertricosis verrucosa se puede tratar con intervenciones quirúrgicas. Cuando la superficie afectada es mayor al 15%, la cirugía no es recomendable, dado que las heridas son dolorosas y el proceso de recuperación expone a los pacientes a un alto riesgo de infección.

Interés científico

El estudio de la hipertricosis podría ayudar a entender mejor el funcionamiento de los genes y a desarrollar tratamientos para la calvicie o el control del crecimiento capilar. El desarrollo potencial de un remedio para la calvicie ha

---

[1] Pacheco, M. (1997). *Diagnóstico y tratamiento de la hipertricosis.* Barcelona: Atenea, pp. 214-215.

incentivado la inversión de recursos en la investigación de la enfermedad por parte de la industria farmacéutica[2], pero la mayoría de estos estudios son de índole privada y de circulación restringida.

Historia

Marginados y temidos, los portadores del síndrome han sido relegados durante siglos a la condición de espectáculo circense, haciendo las veces de hombres lobo, hombres perro, hombres de las cavernas, hombres leones, mujeres barbudas y hasta, en el caso de la hipertricosis verrucosa aguda, hombres árbol.

El caso de Petrus Gonsalvus

El primer caso documentado de hipertricosis, y el más célebre en la historia de la enfermedad, es el de Petrus Gonsalvus, también conocido como Pierre Cefás Gonzalvus, Pedrus Cephas Gonçalves y Cefas Petrus, entre otras variaciones de menor uso. Su nombre aparece por primera vez en una carta[3] del naturalista renacentista Giulio Cesare Scaligero en 1557. La carta afirma

---

[2] La industria de la restauración capilar promedia ingresos de doce mil millones de dólares anuales, sólo en tratamientos reconstructivos en los Estados Unidos. La enorme recompensa financiera que representaría la comercialización de un tratamiento anticalvicie efectivo es el principal argumento esgrimido por los especialistas que afirman que la industria farmacéutica actualmente invierte millones de dólares en la investigación de la hipertricosis. Por razones estratégicas, dichas investigaciones se llevan a cabo en confidencialidad absoluta.

[3] Carta de Giulio Cesare Saligero a Federicus Morellius fechada en París el 19 de agosto de 1557. Citada en: Burmannus, Julius (editor). *Sylloges Epistolarum, tomi quinque*, 5 vols., Leiden, 1727.

que Gonsalvus nació en las Islas Canarias de padres desconocidos. La noticia del nacimiento de un "engendro monstruoso cubierto de pelos"[4] llegó a las cortes europeas en cuestión de días y el rey Enrique II de Francia, presa de la curiosidad, ordenó su traslado al Palacio de Fontainebleau, salvando al niño de su inminente linchamiento. Scaligero lo examinó al llegar a la corte y negó terminantemente[5] su condición humana, clasificándolo de "cynocephalus"[6], o "cabeza de perro"[7], con base en una categoría usada en la antigüedad por Ovidio y Plinio el Viejo para catalogar una raza mítica de los hombres salvajes. A pesar del diagnóstico de Scaligero, Gonsalvus comenzó a exhibir claras señales de inteligencia, provocando debates sobre su verdadera naturaleza. Los hombres salvajes de la tradición latina se suponían irracionales y violentos, de allí que en las representaciones de época portaran el mismo garrote que hoy en día llevan los cavernícolas en las representaciones de la cultura pop. Con el fin de poner a prueba la teoría de Scaligero, el rey ordenó educar a Gonsalvus con tutores. En poco tiempo Gonsalvus demostró una gran inteligencia y una curiosidad insaciable por las ciencias médicas, destacando por "su

---

[4] Ídem.
[5] Ibídem.
[6] Ibídem.
[7] Ibídem.

formidable conocimiento de las virtudes curativas de las yerbas"[8].

Testimonios de la época celebran sus "recetas infalibles"[9] capaces de "prevenir la peste, aliviar la tos y curar al lascivo del suplicio de la calvicie" [10]. Una de las recetas de Gonsalvus contra la peste preparada con aceite de nueces silvestres, flores de lavanda secas y polvo de uña humana, está compendiada en un tratado médico de la época[11].

En 1578, el rey Enrique II autorizó el matrimonio de Gonsalvus con una joven campesina francesa y acondicionó una cueva en un parque real para que viviera con su esposa sin sentir "nostalgia por sus orígenes"[12]. Tanto el matrimonio como la mudanza de Gonsalvus a la cueva han sido interpretados como una broma del rey por algunos historiadores, aunque no existen pruebas que sustenten dicha teoría.

En 1582, Enrique II envió a la familia Gonsalvus de visita a varias cortes europeas como la atracción especial de una comitiva diplomática.

---

[8] Carta de Diana de Poitiers, duquesa de Valentinois, al Barón de Beaupont y Beauvoir, fechada el 18 de julio de 1578.

[9] Ídem.

[10] Ibídem: En esa época se pensaba que la calvicie era consecuencia de la sífilis. Así lo registra Montaigne en sus Ensayos: "Al bebedor antes de la borrachera, al glotón antes de la indigestión y al lascivo antes de la calvicie". La duquesa de Valentinois podría estarse refiriendo a algún conocido aristócrata calvo y lujurioso que probó los remedios de Gonsalvus.

[11] *De febris epidamicae et nova* por Luis de Toro. Salamanca, 1580.

[12] Testimonio anecdótico citado por Merry Wiesner-Hanks, en *The Marvelous Hairy Girls: The Gonzales Sisters and Their Worlds* (New Haven: Yale University Press, 2009).

En Múnich fue retratado por un pintor desconocido. La obra fue adquirida por el archiduque Fernando II para su colección en el Museo de Ambras, lo cual explica la conexión actual entre el castillo y el nombre de la enfermedad.

Retrato de Petrus Gonsalvus, de autor desconocido, parte de la colección de rarezas del Museo de Ambras, desaparecido en 1986 junto a una serie de grabados de época de la familia Gonsalvus. Si bien la obra fue pintada durante una visita de Gonsalvus a Múnich, en el retrato se le representa en una cueva, haciendo alusión a su hogar en el parque real.

La vida de Gonsalvus da un giro radical en 1584, cuando cae en sus manos un oscuro tratado del botánico español, Tomás de Murillo[13] sobre la "yerba mandrágora". Gonsalvus se obsesiona con

---

[13]El conocido *Tratado de las yerbas mandrágoras y sus maravillosas virtudes* por D. Tomás de Murillo.

las propiedades de la planta y las leyendas sobre sus poderes mágicos. Ese mismo año produce una pócima afrodisíaca de mandrágora "efectivísima"[14] que catapulta su fama y mejora notablemente su posición en corte. Al afrodisíaco le siguen una pomada anestésica capaz de "aliviar dolores de heridas y llagas frescas, por más sufridos que fuesen"[15], y una bebida que produce "una sensación de alegría, como inspirada por una aparición divina"[16]. En 1587, Gonsalvus se concentra exclusivamente en la búsqueda de una cura para la hipertricosis a base de mandrágora, pero fracasa estrepitosamente en sus intentos. En 1589 cambia radicalmente su método de trabajo y se vuelca por completo a la práctica de rituales místicos asociados con la planta. Su fama de maestro de la medicina cede a la de hechicero. Corren rumores en la corte sobre un supuesto contrato fáustico y la práctica de "cruentos experimentos para injertar seres vivos con yerbas"[17].

---

[14] Carta de Madame Claude D'Enjoy a Monsieur Marcel Texier, fechada en marzo de 1584.
[15] Ídem.
[16] Ibídem.
[17] *Memorias del Abate Flecheur*. París: Lafayette, 1974.

El carácter antropomórfico de la raíz de la mandrágora, sumado a sus propiedades medicinales y alucinógenas, ha dado origen a numerosas leyendas. Antiguamente se creía que la planta lloraba al ser arrancada y que su lamento era capaz de causar la muerte. Se recomendaba sacrificar un perro al momento extraerla para evitar correr peligro. También se creía en la existencia de un ritual capaz de transformar la planta en un "homunculus"[18] u "hombrecillo", un espíritu encarnado en un cuerpo

---

[18] Paracelso publica el siguiente procedimiento para crear un *homunculus* en su *De natura rerum*: "Colocad una raíz de mandrágora purificada y cubierta en abundante cantidad de semen humano en un alambique lo suficientemente grande para contenerla. Selladlo y guardadlo durante cuarenta días, hasta que empiece a desarrollarse, vivir y moverse. Entonces habrá adquirido ya forma humana, pero será transparente e insustancial. Durante cuarenta semanas ha de ser alimentado cuidadosamente con sangre humana y conservado en el mismo lugar cálido. Luego se convertirá en un niño auténtico y vivo tal como un niño nacido de mujer, sólo que muchísimo más pequeño".

humano diminuto capaz de proporcionar salud y riquezas de por vida.

No han sobrevivido documentos sobre Gonsalvus y su familia posteriores a su regreso a París. La oscuridad en torno a sus últimos años ha alimentado leyendas sobre su inmortalidad y su obsesión con conseguir una cura para la hipertricosis. Numerosos relatos populares europeos lo describen cometiendo atrocidades en procura de un remedio. La conocida canción folklórica alemana "Peter Gonz" cuenta cómo un hombre con piel de perro atrapa a un campesino y a una joven preñada en el bosque, los obliga a comerse una bolsa de semillas, los entierra vivos en su jardín y prepara un polvo de las plantas que nacen de los cuerpos. Lo cierto es que no existen rastros de su vida desde 1585 y que el caso de Petrus Gonsalvus sigue siendo el primero y el más célebre en la larga historia de la hipertricosis.

14

**El trato
Londres, 2013**

Rafal maneja como un borracho: acelera y frena abruptamente, cambia de canal sin poner luz de cruce, adelanta cuanto vehículo puede, toca la bocina si alguien se tarda en arrancar. Su estilo errático y agresivo a la vez y el hecho de que van a la inglesa, por el lado izquierdo, aturde a los pasajeros, que tratan en vano de conseguir un punto de referencia en el laberinto de restaurantes hindúes, tiendas de esquina y casas victorianas que recorren. M se queja y le pide a Rafal que maneje con cuidado. Rafal asiente con una sonrisa sincera pero sigue conduciendo con la misma torpeza, aunque más lento, a ritmo de carro chocón. Martín, resignado, saca dos pastillas negras de las que les compró a los chinos en el Soho, se traga una y le da otra a M, argumentando que son buenas para el mareo. M divisa el pub que vienen a visitar en la misma esquina frente a la estación de metro de Tufnell Park donde ha estado clavado por siglos. Le notifica a Rafal que cogerán un taxi de regreso y que no lo necesitan más, a no ser que quiera acompañarlos. Rafal interpreta las instrucciones de M a manera de invitación y estaciona el Mercedes con una agilidad que contrasta con la torpeza que ha demostrado desde que salió del hotel. M le aclara que su comentario fue una formalidad, no una invitación real, pero dado que ya estacionó, los puede acompañar con una cerveza.

Por fuera, el pub aparenta ser el mismo bar apestoso a cortina vieja en el que M se emborrachó con los Heredia el año pasado, pero al entrar se encuentran con un sitio renovado: un restaurante de inspiración mediterránea, atendido por jóvenes modernos que llevan tatuajes estilizados y lo mismo sirven pintas de cerveza que asan sardinas en una parrilla industrial a la vista de los clientes.

M piensa en la reacción de Sebas cuando se entere de que además de Martín trajo a Rafal, y en lo cara que va a salir la cuenta. No puede cobrarle a Martín con lo generoso que ha sido, ni usar la tarjeta de la compañía por tratarse de un gasto privado. Resuelve despedir a Rafal a la primera oportunidad, apenas termine su cerveza, pero Rafal se adelanta y ordena langostinos a la parrilla, el plato más caro del menú, y una copa de Pouilly-Fuissé de dieciséis libras. M le recrimina la osadía con un gesto enojado. Rafal, sonriente, promete comer rápido y marcharse pronto. Martín y M optan por compartir una tabla de embutidos y piden dos pintas de la cerveza más fría que tengan.

Martín le pregunta a Rafal sobre su pasado con curiosidad genuina. M se da cuenta de que no va a ser fácil salir de Rafal y se resigna a escucharlo: tiene más de diez años viviendo en Londres. Llegó con un grupo de amigos a buscar

166

fortuna y consiguió trabajo de albañil. En esa época estaba indocumentado (Polonia todavía no era país miembro de la Unión Europea) y, sin embargo, hacía mucho dinero, más del que necesitaba porque no pagaba impuestos. Fueron tiempos de excesos que prefiere no recordar, aunque no se arrepiente de nada. Cuando explotó la burbuja de bienes raíces quedó desempleado, pero tuvo la fortuna de conocer a Chalito, el gran amor de su vida. Se fueron juntos a vivir a Hermosillo. La familia de Chalito le declaró la guerra desde el primer día. Le jugaron sucio cuando menos lo esperaba. Lo culparon de robarle un dinero a su suegro y lo reportaron a la policía sin pruebas. Como eso no les funcionó, lo acusaron de infidelidad con una mujer de mala vida a quien ni siquiera conocía. Esa trampa sí les salió bien. La pobre Chalito les creyó todo. Todavía les cree, o por lo menos eso dice, aunque él sabe que en el fondo de su corazón ella sabe la verdad. Al final no lo quedó remedio y tuvo que regresar a Londres, donde se puso a conducir un carro para una compañía de minicabs. El dinero era menos que cuando trabajaba en construcción y el trabajo demasiado duro. Podría decir "peligroso" si no hubiese vivido varios meses en México, que sí es un sitio peligroso de verdad. Tiene poco tiempo trabajando en el hotel. Lo que más le gusta de su nuevo empleo es conocer gente interesante de otros países y que lo invitan a comer con frecuencia. Los árabes dan muy buena propina. Los franceses son los más mezquinos.

M escucha impaciente a Rafal hasta que Tadea invade la mesa, porque aunque se sepa con horas de anterioridad que Tadea viene, Tadea invade los espacios. No puede ser de otra manera tratándose de ella, y así lo corrobora el bar en pleno: la música de desfile de modas que ha estado saliendo de las bocinas invisibles y que deja de sonar sonando; los amigos que hace unos minutos celebraban un cumpleaños y ahora se preguntan si aquella muchacha es una actriz famosa; el joven que se tuerce para mirarla sin que su novia se dé cuenta. Sebas, habituado como está al "efecto Tadea", asume el control y rompe el hielo con el ritual de una presentación formal. Presenta a Tadea como su novia, a M como "una especie de tío" y a Martín y Rafal como amigos de M. Los recién llegados se sientan a la derecha y a la izquierda de M, piden cerveza y pican de los platos sin pedir permiso. A M le sorprende lo asentado que se ve Sebas, cómo controla la situación sin mayor esfuerzo, y lo mucho que ha crecido. Ya no es el niño flaco y raro de Miami. Como Martín y Rafal están absolutamente concentrados en Tadea, M aprovecha la oportunidad para observar a Sebas sin que nadie se dé cuenta: el bulto que le hace el miembro en el pantalón, que visto así es bastante promedio, pero que resguarda la formidable curvatura con que lo esgrime en el video; los bíceps que parece haber desarrollado recientemente, pues no se veían en la grabación; los dedos largos y gruesos, con las uñas recién comidas, que tampoco se veían en el video. ¿Cómo se pudo haber confundido con él, siendo tan distintos? ¿Cómo se veía M cuándo tenía la edad de Sebas? ¿Qué tiene Sebas, que no sólo es capaz de inspirarle ideas delirantes a M, sino que enamoró a la mujer más hermosa del mundo, porque en ese momento y en ese sitio no hay otra forma de referirse a Tadea? ¿Y cómo hablarles del video sin ofenderlos? Lo último que M quiere hacer en la vida es ofenderlos. De hecho, decide evitar el tema para evadir un escándalo cuando un Sebas resoluto lo sorprende con una retahíla:

—No sé quiénes son tus amigos ni me interesa saberlo. Vamos a ahorrar tiempo e ir al grano: Sí, Tadea y yo grabamos un video. Lo acepto. Es verdad. También es verdad que eso no es problema de nadie sino de nosotros. Lo que pasa es que las cosas en mi casa están muy mal y no quisiera preocupar a mis viejos en este momento con un problema que ya está superado. Si no fuera por ese trabajo estaríamos en la calle. Con esa plata pagamos la renta y el mercado por varios meses. Así de simple.

—¿De qué video hablás? —pregunta Martín.

—¿No le has contado al "che"? —Sebas le pregunta a M.

—La verdad, no.

—¿Y qué esperas? ¿Lo traes y no le cuentas? Explícale, que no tengo tiempo para la gracia.

—Sebas grabó un video erótico con Tadea y yo quería hablar con él al respecto porque soy muy amigo de la familia y estaba preocupado. Por eso no quería que vinieras —explica M.

—¿Erótico como Emmanuelle o erótico como el Gordo Porcel? ¿Y sale la mina? ¡Noooo! —pregunta Martín con interés infantil, mientras Rafal y Tadea, ajenos a la discusión, inician una conversación amena en polaco, como si fueran dos viejos amigos que se encuentran después de una larga ausencia.

—Porno, porno. Hardcore porno —responde M.

—Menos mal, porque el soft porn no sirve para nada —dice Martín—, pero seguí, por favor.

—Pues no hay nada que decir —dice Sebas—, sino que lo hicimos por plata y que eso sólo nos importa a mí y a Tadea. Y que no tiene nada de malo.

—Bueno, Sebas, la verdad es que yo he estado pensando mucho en el asunto y llegué a la misma conclusión —dice M en tono neutro, como si estuviera tratando de cerrar un negocio—. Lo que ustedes hagan es su problema. Puedes contar con todo mi apoyo. De hecho, si me preguntas, me parece que lo que han hecho es muy valiente, y si además me dices que estás contribuyendo en casa no puedo sino quitarme el sombrero. Pero yo te cité aquí con otra intención. Te cité porque te quiero hacer una propuesta

—Lo que me faltaba, una propuesta. No me digas que quieres meterte a productor porno — responde Sebas con una risa burlona.

—Sigue burlándote si quieres, pero eso es justo lo que te quería proponer. La verdad es que toda la vida he querido hacer una película. Es una fantasía que siempre he tenido y apenas ahora me doy cuenta de lo importante que es para mí. Y bueno, pues habría que ser ciego o insensible para no aceptar que ustedes son muy talentosos. El porno hace mucha plata, ¿o me equivoco? Yo no sé con quién hiciste el otro trabajo, pero dudo que hayas hecho un tercio del dinero que podemos hacer juntos. Lo que te quiero proponer es simple, que hagamos una película, pero una cosa bien hecha, una producción profesional, una obra de arte. Por supuesto, ustedes ganarían mucho más plata de la que ganaron la otra vez. Esa es la propuesta. ¿Qué opinan?

15

**El padre Dámaso
Miami, 2004**

"Para la gran inauguración del hospital, en 1975, programamos dos eventos. El primero fue nada menos que el tercer trasplante de corazón en la historia de la medicina, que tuvo lugar el nueve de julio (a puerta cerrada, por supuesto). El segundo fue la gran inauguración de la hermosísima obra que ven aquí: el primer nacimiento mecánico a escala humana del mundo y el único hasta ahora. La inauguración formal la tuvimos la mañana del día siguiente, el diez de julio, un día calientísimo, de esos en los que se pueden freír huevos en la calle, cosa que he visto hacer con mis propios ojos, por cierto, frente a mi parroquia aquí en South Beach. Les cuento: un domingo, dos feligreses hicieron una apuesta al salir de misa y me pidieron un huevo. Al principio yo me negué, porque apostar es pecado y desperdiciar comida también lo es, pero me convencieron de que se trataba de una broma inocente y terminé aceptando. En fin, mandé a buscar un huevo e hicimos la prueba sobre el pavimento y, para sorpresa de todos, el huevo se cocinó como si se hubiera hecho en una estufa. Quedó perfecto, con la yema contenida por una membrana, y la clara blanca y seca. Se veía apetitoso. Por supuesto, nadie se lo comió, y el ganador donó sus veinte dólares a la parroquia como acto de contrición. Bueno, basta de anécdotas para romper el hielo. El trasplante de corazón fue un éxito total, pero como era la tercera operación de su tipo, casi ni la mencionaron en la prensa. A nadie le interesan los terceros lugares. Apenas The Miami Herald le dedicó un pequeño recuadro en primera plana a la operación: 'Miami a la vanguardia de la medicina mundial', creo que ponía. Recuerdo muy bien los detalles porque yo ya era miembro de la junta directiva y estaba a cargo de las relaciones públicas, rol que todavía desempeño y con mucho orgullo, porque yo quiero mucho al Belén. En este hospital he visto cosas que me han hecho un cristiano mejor. Algunas muy tristes, las más tristes que se puedan imaginar: sufrimiento, pérdida de la esperanza, temor, injusticias, maldad, miedo, ataques de pánico, secreciones fétidas, cosas feas, desagradables, que lo hacen pensar a uno más en una carnicería que en un hospital. He visto cosas espantosas que —¿para qué mentirles?— han puesto a prueba mi fe. Pero también he visto lo contrario, cosas bellas, hermosas, sublimes, enaltecedoras, las cosas más hermosas que ustedes puedan concebir y que han fortalecido mi fe enormemente. Sin ir muy lejos, cada vez que nace un niño, quienes tenemos la suerte de presenciarlo, entendemos por un instante el significado de Dios. Siempre que puedo me escabullo en los partos. A veces los padres se asustan cuando me ven aparecer en plena acción con mi sotana, pero al final me terminan recibiendo con cariño. Volviendo al tema del nacimiento, cuando lo abrimos al público sucedió algo muy curioso: al contrario de la operación, que pasó por debajo de la mesa, el nacimiento causó un gran revuelo. Tuvimos a los tres canales de televisión abierta más importantes del país en ese momento, las cadenas ABC, NBC y CBS, que hicieron transmisiones 'en directo', 'vía satélite', 'de costa a costa', como se decía en aquel entonces; transmisiones bellísimas celebrando el realismo de las piezas, la manera en que parecían moverse como gente y cómo se sentía uno frente a la mismísima Sagrada Familia al pararse aquí donde estamos hoy. La cobertura provocó un peregrinaje instantáneo de curiosos. Comenzaron a aparecer devotos, turistas, jóvenes, ancianas, retirados, empleados públicos, etcétera, etcétera. Ríos de gente que venían al Belén a contemplar en persona la maravilla del nacimiento y que apenas dejaron de venir a mediados de los ochenta, cuando la tecnología del nacimiento comenzó a pasar de moda. Ustedes saben cómo es la gente. La gente disfruta tanto celebrando las cosas, como lo hace después destruyéndolas. De un día a otro, comenzaron a hablar mal de los muñecos: que si no son tan impresionantes como me habían dicho, que si el movimiento era artificial, que si el pelo de tal figura no estaba bien peinado. La gente es muy ingrata. Pensar que si hubiéramos cobrado entrada los primeros años

175

nos habríamos hecho millonarios. De hecho, uno de los fundadores sugirió que cobráramos entrada, pero nos negamos de plano, ¡ni que fuéramos un teatro! En fin, ya nadie visita el Belén expresamente para ver el nacimiento, pero sigue siendo un espectáculo impresionante y hasta —hay que admitirlo— conmovedor, ¿no les parece?". El apuesto padre Dámaso, mejor conocido como el "cura caliente" gracias a su show Al encuentro, un popular programa de consejos que el sacerdote conduce en el canal Visión Latina, le contaba la historia del nacimiento de la entrada del Belén a un grupo de señores trajeados. M, que había llegado temprano a buscar los resultados de sus exámenes médicos, quemaba tiempo escuchando el relato del sacerdote: "Fíjense en el realismo de las piezas. La mula y el buey son animales disecados, y también lo son la mayoría de los corderos. Si se ven bien los ojos se darán cuenta. Los ojos naturales son vivos y brillantes; muy diferentes a las prótesis, más bien apagadas, opacas. Los corderos que mueven la cabeza son cien por ciento artificiales. ¿Se dan cuenta? Fíjense en los ojos, parecen una laguna negra. Son hermosos, pero no tanto como los ojos de los animales disecados. Es el milagro de la vida. Todavía después de tantos años, el vestuario de los muñecos me sigue asombrando. Los vestidos son réplicas de la ropa que se utilizaba en la época de Cristo. Nos ayudó un antropólogo de la Universidad Internacional de

Florida. Un joven muy animado que parecía un hippie por fuera, pero que en el fondo era una persona seria, muy conocedora de la historia bíblica. Como dicen por allí, 'el hábito no hace al monje', y eso me incluye, con todo y mi sotana, que siempre llevo bien lavada y planchada, y mi corte de cabello, que tanto ha dado de que hablar. Es broma, es broma. Lo del corte de cabello, digo. Hablando de eso: el cabello de los muñecos es de verdad. Por cierto, recuérdenme al final entregarles una sorpresa especial que les tiene Míster Gamble y que tiene que ver precisamente con el cabello de las piezas. Les va a causar mucha gracia. Pero volviendo al nacimiento, el cabello de San José fue donado por doña Leticia Boggio, de la familia Boggio, una de las fundadoras del hospital. Era una mujer firme y valiente. Doña Leticia sufría un cáncer agresivo y antes de proceder con las sesiones de quimioterapia decidió donar su cabello. No lo parece a simple vista, pero detrás de este nacimiento hay muchos sacrificios. Yo siempre rezo por las personas que se entregaron de cuerpo y alma a este proyecto. En fin, doña Leticia —¡Dios la tenga en su gloria!— tenía el cabello blanco y lacio, tal cual lo ven, y por eso pensó en el San José del nacimiento. Seguramente ustedes saben que la tradición cristiana dice que San José era un anciano de pelo blanco". Las figuras principales del nacimiento eran de un realismo asombroso, que contrastaba con la artificialidad del resto de las piezas, pensó M antes de percatarse de que sólo faltaban cinco minutos para su cita.

Como no había nadie en la recepción, se acercó a una tienda de regalos a pedir indicaciones. La dependienta le dibujó un plano con instrucciones para llegar a un ascensor, que a su vez lo conduciría a la oficina en el piso seis. Consiguió el ascensor sin problema. Se montó y marcó el piso seis. La puerta se cerró, pero el aparato se quedó paralizado por dos minutos. Como no sentía movimiento, apretó los botones varias veces sin que pasara nada, pero, justo antes de que activara la alarma, se abrió la puerta en el piso seis. Se bajó confundido. Podía jurar que no se había movido.

A la derecha se veían la bahía y los edificios en construcción en Biscayne Boulevard, estructuras forradas en cristal que parecen lámparas gigantes. A la izquierda había un pasillo que parecía abandonado, a no ser por una puerta de cristal iluminada al fondo. Caminó entre consultorios desmantelados, con las marcas de carteles arrebatados de sus frentes. Se sintió aliviado al leer el nombre del doctor Badur en la puerta del fondo. Intentó abrir, pero estaba cerrado. Golpeó varias veces sin que nadie respondiera. Cogió el celular y marcó el número del consultorio, pero nadie contestó. Se dio por vencido y, justo al darse la vuelta, sintió el chirreo de la puerta automática.

Entró a una sala de espera típica de consultorio médico, con sus respectivas revistas viejas y un hilo musical de jazz ligero. Le extrañó que no hubiera nadie esperando, porque los consultorios en Miami suelen estar abarrotados de pacientes. Las paredes estaban adornadas con recortes de prensa, algunos desteñidos, en los que entrevistaban al doctor Badur por haberse ganado el premio al Mejor Médico del Año en los Estados Unidos en 1974, 1975, 1976, 1981, 1983, 1985, 1989 y 1993. El titular de la entrevista de 1976 decía que era la primera persona en ganar el premio tres veces seguidas. Su parecido con Kissinger era tal que indefectiblemente lo mencionaban en los subtítulos o en las leyendas de las fotografías. En varias historias explicaban que la similitud era una casualidad y hacían la salvedad de que ambos personajes ejercían una influencia muy grande en sus respectivas especialidades. El titular de 1975 decía: "Badur: el Kissinger de la medicina" e incluía una cita de Kissinger mismo, en la que este bromeaba diciendo: "Se equivocan quienes piensan que Badur es el Kissinger de la medicina. La verdad es que yo soy el Badur de la diplomacia".

Una enfermera rubia, de rostro pálido y nariz aplastada, abrió una ventanilla y le pidió a M que llenara unos formularios. M le comentó que sólo había venido a buscar unos resultados. La enfermera le explicó que de cualquier manera tenía que llenar las planillas. Si no lo hacía, no podía entregarle nada:

—Las planillas parecen difíciles de llenar, pero son muy cortas. En menos de diez minutos las termina. Además, no hay nadie esperando. Apenas termine sus papeles lo atenderemos.

—¿Por qué no hay nadie? Es la primera vez que voy a un consultorio y no hay gente — preguntó M.

—Eso no me lo debe preguntar a mí sino al doctor. Pero no pierda tiempo en asuntos sin importancia. Concéntrese en su formulario. Y no olvide firmar. Siempre se olvidan de firmar —dijo la recepcionista antes de cerrar la ventanilla de golpe.

M comenzó a llenar sus formularios con la esperanza de no encontrar una de esas típicas preguntas imposibles de responder, cosa que le vino a suceder en la sección de vacunas, marcada como obligatoria y que dejó en blanco porque, como cualquier persona normal, no sabía qué vacunas le habían puesto en su infancia.

Tal como M lo temía, la enfermera le devolvió los papeles de inmediato. Lo primero que revisaba era la sección de las vacunas. Si no la contestaba, bajo ninguna circunstancia lo podrían atender. O conseguía su lista, o se hacía un examen de sangre para identificar todas las vacunas que se había puesto en su vida. El examen costaba trescientos dólares, que debían salir de su bolsillo porque su plan de seguro no lo cubría. M no podía darse el lujo de esperar, así que pagó con tarjeta.

La enfermera se desapareció por quince minutos, tras los cuales lo llamó por nombre y apellido, como si hubiera más gente esperando, y le pidió que la siguiera. Al verla de cerca, M se dio cuenta de que se había equivocado: en realidad era hermosa y no tenía la nariz aplastada, sino respingada. Además, tenía unas nalgas enormes y duras, de curvatura perfecta, que desafiaban la fuerza de la gravedad con su tiesura.

La enfermera le ordenó a M que se sentara arriba de una camilla, sobre una sábana de papel, y que se arremangara la camisa para extraerle sangre. M se acostó y aspiró el perfume floreado de su anfitriona. Le gustó tanto que no pudo dejar de preguntarle la marca, a sabiendas de que se trataba de una línea cursi. A la enfermera le agradó el cumplido y le dijo que era un secreto, antes de entregarle una pelota de goma azul y pedirle que la apretara con el puño mientras le extraía sangre. M casi ni sintió el pinchazo y alabó la buena mano de la enfermera, quien a su vez lo halagó a él por no ser como la mayoría de los hombres, cobardes, al contrario de las mujeres, por regla general valientes y capaces de tolerar grandes dosis de dolor sin quejarse. La sangre que le sacaron era oscura, casi negra. M le preguntó si el color era normal. La enfermera le contestó que no había un color específico de sangre. Todos la tenemos diferente. La de ella, por ejemplo, era más bonita, le dijo con una sonrisa, antes de pedirle que se desnudara.

—¿Me quito toda la ropa? —preguntó M.

—Toda todita —respondió la enfermera juguetonamente.

M se quedó paralizado, no porque sintiese vergüenza de desnudarse, sino porque temió estar a punto de tener una erección. Respiró profundo, se quitó la camisa, los zapatos, los pantalones, y luego de confirmar que tenía el miembro flácido, los calzoncillos. La enfermera lo vio de arriba abajo con apetito, pero no de tipo sexual, sino alimenticio, como si se tratara de un pollo recién horneado a la hora del almuerzo. Así de indefenso se sintió M, y algo ofendido, cuando se enteró de que debía esperar solo y exponerse desnudo al frío del aire acondicionado que estaba al máximo.

El doctor tardó quince minutos en llegar. Encontró a M abrazando sus rodillas con los codos y soplándose aire caliente sobre su propio vientre. Le pidió disculpas al paciente por el frío y subió la temperatura de la habitación usando un dispositivo al lado de la puerta, que el propio M habría podido ajustar si lo hubiera visto.

—¿Doctor, ya se sabe lo que tengo? —preguntó M.

—La verdad, no. No tenemos la más remota idea de lo que tiene. La buena noticia es que sí sabemos lo que no tiene.

—¿Y qué es lo que no tengo?

—Cáncer. Definitivamente se trata de un cuerpo benigno. Y, mejor aún, según la radiografía, la raíz es pequeña. Si operamos rápido lo más seguro es que salgamos de esto en un abrir y cerrar de ojos.

—¿Lo más seguro?

—No sabemos porque no hemos identificado su enfermedad. El tejido es raro, pero prometedor. Por lo menos yo nunca había visto algo así. Nunca. Como le venía diciendo, no sabemos lo que tiene, mucho menos sin tener los resultados de los exámenes de ADN, pero no podemos darnos el lujo de esperar. Hay que operar de inmediato.

—¿Ya?

—Ya, ya, no, pero sí dentro de máximo tres días. Lo podemos ingresar el viernes.

—¿Tiene que ser el viernes? ¿No podemos esperar?

—No, no podemos esperar.

—Doctor, estuve investigando en internet sobre el síndrome de Ambras —dijo M desconcertado.

—Internet es uno de los peores enemigos de los pacientes. Si pudiera hacerlo, lo prohibiría. No sabe la cantidad de problemas que trae. De hecho, ¿usted se aprendió bien la lista de deberes del paciente que le encomendé? No me decepcione…

—Discúlpeme, doctor. Tiene razón. El cuarto deber del paciente es confiar en el juicio del doctor y el séptimo es no investigar por cuenta propia. Pero igual, pues ya le hice la pregunta, ¿será posible que yo tenga síndrome de Ambras?

—Usted puede tener cualquier cosa. Lo bueno, lo importante, es que no es cáncer.

—Por cierto, también leí un artículo en el que mencionan un cuadro igual a uno que vi en su casa —insistió M.

—Le voy a recetar unas pastillas para los nervios. ¿De cuál cuadro está hablando? Mi casa está llena de cuadros —preguntó el doctor, visiblemente molesto.

—Un retrato de Petrus Gonsalvus, un antiguo enfermo con síndrome de Ambras.

—Le voy a dar una orden. Si no la cumple, cesamos nuestro pacto aquí mismo. Es bien sencilla: Cállese la boca y deje de jugar al doctor con información de internet. Tiene que dejarme hacer mi trabajo si pretende salir bien parado de esta historia.

16

**Reunión con Míster Gamble
Londres, 2013**

M sueña despierto: un cielo que lo absorbe, una nube que absorbe al cielo; una jauría de perros lamiéndose las patas los unos a los otros como si fueran caramelos, y cuando está a punto de dormirse, una vieja desnuda de melena enmarañada y tetas alargadas que baila desaforadamente en una pradera. Las manos de Martín desatan nudos, abren canales de energía estancados, causan dolores necesarios, largamente esperados por el cuerpo cubierto de aceite de sándalo de M.

Tocan a la puerta: tres golpes secos seguidos de un grito. Martín pregunta en voz alta quién osa interrumpir. Es Luigi, que busca a M con urgencia. Martín se queja: las interrupciones son inaceptables para el tratamiento. M se levanta de la cama, tira al piso la toalla con que se cubre las nalgas y abre. Luigi, sorprendido de ver a su amigo desnudo y embadurnado de aceite aromático, le pregunta si prefiere que regrese en otro momento, aunque aclara que su visita es urgente.

—No, para nada. Pasa adelante. Estaba dándome un masaje, pero ya casi terminaba. Si quieres espera adentro a que me dé una ducha —dice M con una calma que contrasta con el nerviosismo de Luigi.

—Mentiroso. No hemos terminado nada. Los alumbramientos no se pueden interrumpir súbitamente. Es peligrosísimo interrumpirlos. Se va a ir todo a la mierda si no lo tomás en serio. Así yo no puedo trabajar —le dice Martín a M en un tono cariñoso y firme, mientras le extiende la mano a Luigi y se presenta—: Soy Martín Tébar ¿Vos sos Luigi?

—Efectivamente, Luigi Soto. Un placer.

—Qué bueno conocerte en persona. Excelente tu informe de esta mañana. Mejor seguimos más tarde. Dejo mis instrumentos aquí. Quedate tranquilo con tu amigo. Disfrutalo —dice Martín antes de retirarse.

—¿Qué mariquera es esa? —Le pregunta Luigi a M en cuanto Martín cierra la puerta—. Estás desnudo, cubierto de aceite como un fisiculturista y el argentino ese te habla como si fueras su mujer.

—No es nada. Es un masaje. El tipo da tremendos masajes. Deberías probar. Nunca había sentido algo así. Te dejan la cabeza flotando y te llenan de energía. Me doy una ducha y te cuento.

—¿Por qué no contestas el teléfono? Te está buscando por todas partes nada menos que Míster Gamble. Te quiere ver ya en su suite. Ponte pilas, que nadie hace esperar a Míster Gamble. Báñate rápido. Restriégate bien a ver si se te quita la peste a pachulí.

—¿Míster Gamble me está buscando?… ¡Qué raro! ¿No sabes qué quiere? —pregunta M antes de meterse en la ducha.

—Ni idea. Tú sabes lo misterioso que es.

M lucha con el jabón para quitarse el aceite. Sale del baño, se seca apurado y escoge al vuelo la ropa para la ocasión: camisa azul claro, traje negro, corbata amarilla. Luigi le comenta que Claudia también los está buscando para invitarlos a cenar esa misma noche. Quedan en encontrarse a las ocho para ir juntos a la casa de los Heredia.

M intenta subir directo a la suite de Míster Gamble, pero su tarjeta no lo autoriza. Baja a la recepción y explica la situación. Se comunican con la habitación de Míster Gamble y le dan acceso. Sube al pent-house en el ascensor de cristal. Siente que no se le ha quitado la peste a sándalo. Si Míster Gamble le pregunta dirá que se le derramó un perfume accidentalmente. Atraviesa un pasillo larguísimo y llega a la suite presidencial. Lo recibe Susanne, la asistente de Míster Gamble, una morena que alguna vez fue hermosa. Le informa que Míster Gamble lo ha estado esperando desde hace una hora y le comenta que tiene un perfume "peculiar". La suite es ostentosa, recargada, de muebles pesados, en contraste con el ambiente minimalista del resto del edificio. M llega a un comedor amplísimo con vista panorámica a los techos del centro de Londres, apiñados, viejos, cortados por calles repentinas. Míster Gamble espera sentado en la cabecera de una mesa de doce puestos. Lee el Financial Times con parsimonia. Sonríe, posa sus ojos verdes y afilados en su empleado y le ordena con un gesto que se siente a su izquierda.

—¿Está al tanto de lo que pasó con el valor de la acción ayer? —pregunta Míster Gamble sin saludar a su empleado.

—Creo que el mercado bajó cien puntos —responde M, haciendo un esfuerzo por sonar calmado.

—Cierto, pero nuestra acción bajó el triple que el mercado en términos proporcionales. Eso debería saberlo usted. Todos los empleados deberían estar al tanto del precio de cierre y usted no lo está. ¿O sí lo está?

—No, Míster Gamble. No le voy a mentir.

—Debería darle vergüenza. Eso es el equivalente a no saber la edad de su hijo o, peor aún —dice sonriendo—, olvidarse del aniversario de su matrimonio. Mire, yo sé que este año usted cumple trece años de casado, ¿cierto?

—Sí, señor Gamble, el año pasado cumplí doce años de casado y este cumplo trece.

—¿Y usted sabe por qué yo sé eso?

—No, Míster Gamble.

—Porque mi trabajo es saberlo todo sobre mis empleados. Todo. En especial sobre aquellos en los que hemos invertido mucho dinero, como usted —dice Míster Gamble mientras taladra a M con sus ojos verdes—. En cambio usted debería saber que el de ayer fue el precio más bajo en la historia de la compañía... Voy a hacerle otra pregunta a ver si es capaz de responder: ¿Por qué bajó la acción?

—Creo que el mercado bajó cien puntos, pero desconozco las razones — confiesa M.

—La acción bajó porque los inversionistas están decepcionados con nuestras nuevas adquisiciones. Se quejan de que malgastamos dinero en investigaciones inútiles, como los cultivos biodinámicos. ¿Usted qué piensa al respecto? ¿A usted le parece que los inversionistas tienen razón?

—Yo pienso que la mentalidad cortoplacista es muy nociva —improvisa M, parafraseando los discursos de Míster Gamble.

—Me decepciona. Esa respuesta me la hubiera comido hace veinte años, pero hoy en día sé lo suficiente para entender que usted supone que yo quiero escuchar exactamente lo que usted me dice y que en realidad no tiene una opinión propia. Yo pensaba darle una oportunidad de las que se presentan una sola vez en la vida y la verdad es que me pone a dudar. Le voy a dar un último chance. Lo único que le voy a pedir es que a partir de este momento que me hable con el corazón.

—Por supuesto, Míster Gamble —dice M angustiadísimo y prometiéndose a sí mismo mantener la compostura.

—Dígame, ¿usted se considera un líder? — pregunta Míster Gamble.

—Sí, me considero un líder.

—Pues sus jefes opinan lo mismo, y Cefas también. Aunque en este instante usted parezca idiota, yo confío en el juicio de sus jefes y por tanto le voy a dar el beneficio de la duda. Además, ya es demasiado tarde para arrepentirme.

—Muchas gracias, Míster Gamble. ¿Pero a quién se refiere cuando habla de Cefas? —pregunta M en un intento por recobrar el control.

—Ya me habían advertido que usted era gracioso, pero nunca pensé que tanto —dice Gamble en tono displicente—. Cefas es la razón por la que usted sigue con nosotros y no está enterrado todavía. Cefas es el hombre talismán que colma los apetitos. La prueba viviente de que todo el dinero que hemos invertido en usted no ha sido en vano. Cuénteme algo: ¿a usted yo le parezco bruto?

—No, por el contrario.

—Esa es la respuesta correcta. Se salvó. Si hubiera dicho que le parezco bruto lo mando a ahogar. Mire, voy a ir al grano —dice Míster Gamble cambiando de tono, como si estuviera a punto de revelar un secreto—. Llevamos casi una década preparándolo para un proyecto muy importante. Prácticamente todos los trabajos que le hemos asignado desde su primera convención de ventas, la que hicimos en Miami, han sido parte de un proceso de preparación para el gran plan. Como usted sabe, los accionistas quieren ver crecimiento constante y en este momento lo único que tenemos que mostrarles es una cuenta de gastos exorbitante. Allí es donde entra usted. Necesitamos líquido. Según sus jefes, usted está listo para producir el efectivo que necesitamos. Pero la verdad es que lo siento débil; hoy usted no se parece al joven que escogí hace unos años; al semillero de esperanzas que vi en usted. No veo que termine de evolucionar. Mejor esfúmese y espere mi llamada. Eso sí. Cuando lo llame, usted debe contestar inmediatamente. ¿Entiende el significado de la palabra "inmediatamente"?

—Por supuesto Míster Gamble, y por favor discúlpeme por los problemas que le he ocasionado —dice M entre aliviado y derrotado.

—No se sobreestime. Usted es incapaz de causarme problemas. Y si acaso llega a producir el dinero que esperamos, será por razones fuera de su control. Recuerde, si lo llamo conteste inmediatamente, y al salir hágame el favor de pedirle a Susanne que llame a Luigi, el amigo suyo. Nunca pensé que tendría que considerar a un proveedor externo para este proyecto. Es una verdadera pena. Por cierto, páseme su teléfono celular, que quiero verificar algo… Veo que funciona. Si lo llamo, conteste inmediatamente. Eso es todo. Puede retirarse.

Susanne intenta consolar a M mientras lo escolta a la puerta. Le explica que sólo unos cuantos elegidos tienen el honor de lidiar con Míster Gamble y que todos se caracterizan por tener "la piel gruesa".

—Mientras más te acerques a Gamble, más te hará sufrir. Las primeras reuniones son durísimas. Más de uno ha salido llorando de allí. No lo tomes a mal.

—Me dijo que te dijera que llames a...

—A Luigi —responde Susanne sin dejarle terminar la frase—. Me lo había pedido desde ayer. Tienes que acostumbrarte a su estilo, porque tengo la impresión de que te va a ver con más frecuencia. Recuerda, no te tomes personalmente las cosas que te diga y siempre ven preparado. Debes pensar en todo lo que te pueda preguntar antes de reunirte con él y siempre tener una respuesta. Es como estudiar para un examen final en una universidad exigente, tipo Ivy league, sólo que un poquito más difícil. Gamble no perdona la improvisación. Y a los entrometidos menos. Y sobre todas las cosas detesta los chistes verdes. Ni se te ocurra contarle uno, que te vuelve añicos.

—Por cierto, me habló de un tal Cefas. ¿Quién es Cefas? ¿Un accionista? El nombre me suena —pregunta M.

—¿Te habló de Cefas? ¡Dios te guarde y te favorezca! Esa es una excelente señal. A lo mejor te dejan tocarlo. ¡Ojalá! Te recomiendo que no preguntes mucho y más bien dejes que Gamble mismo sea quien te revele sus planes. Recuerda, Gamble es implacable con los entrometidos. Él mismo sabrá cuándo revelarte las cosas.

La reunión con Míster Gamble fue humillante y, sin embargo, Susanne lo trató como si lo hubieran promovido. Nunca pensó que su ascenso al Olimpo corporativo iba a ser tan humillante. Palpa su celular en el bolsillo interno de su chaqueta y recuerda que debe estar pendiente de la llamada de Míster Gamble. Decide salir a la calle a tomar aire fresco, pero se encuentra con Sebas y Martín ensimismados en una conversación en la recepción. Supone que Sebas lo ha venido a buscar para hablar de la propuesta que le hizo. Quizás quiera discutir los términos de la sociedad. La reunión con Míster Gamble le hizo darse cuenta de que para hacer la película tendrá que renunciar al trabajo. Sebas le da un apretón de manos impersonal, como si se acabaran de conocer y le aclara que no vino a reunirse con él, sino con Martín. Se trata de un encuentro privado al que M no está invitado. Martín recrimina a Sebas, le dice que él no tiene nada que ocultarle a M y que está siendo irrespetuoso, cosa que él no está dispuesto a aceptar. Sin M involucrado, no hay proyecto, advierte Martín: "Hay que reconocer que la idea de la película es de M, y en los negocios hay que ser justos. No tengo duda de que la película va. La película es inevitable y tenemos dos opciones: o la hacemos bien, dando todo lo que tenemos, o nos matamos en el proceso. Hagamos un esfuerzo por el bien de todos. Sigan mis instrucciones, por favor: Primero, respiren hondo. Sientan cómo el aire penetra la parte baja del pulmón. Justo aquí, en la boca del estómago, arriba del vientre. Eso, a tres dedos del ombligo. Ahora anulen los pensamientos negativos. Expúlsenlos lejos. Imagínense que se bañan en un río y se limpian el alma. Eso... Rico. Sientan el agua fresca. La corriente se lleva todo lo malo. Divino. Ahora pensemos en lo que tenemos en común. Tantas cosas, y tan hermosas que son. ¡Qué bellas que son! M, no me mires así. Sebas, hacé un esfuerzo. Ahora mismo no se percatan, pero les estoy haciendo un gran favor. Pronto me lo agradecerán. M, pensá en tu mujer, en la explicación que tenés que darle si vos financiás el video. Te mata. ¿Y Míster Gamble? ¿Qué va a pensar Míster Gamble si te captura dirigiendo pornografía? Te aniquila. Pero si yo me encargo y hablo con él en un meeting de la junta directiva todo cambia. Pensalo bien, meditalo. A vos lo que te interesa es dirigir. Ese es tu sueño. Atrevete. Atrapalo. Y vos, Sebas, vos lo que querés es guita y vas a hacer más de la que nunca has soñado. Yo estoy decidido a ayudarlos porque sé que me los ha enviado el destino. Sebas, tomate una de estas pastillas. Son excelentes para controlar las energías cruzadas. Cien por ciento naturales, orgánicas. M, vos también tomate una. Quedátelas. Podés tomar todas las que quieras. Eso... Muy bien, qué bueno que les gustan. Delicioso. Ahora sonriamos y démonos las manos. Estamos a punto de hacer algo grande, de dimensiones históricas", dice Martín mientras junta sus manos con las de Sebas y M, a la manera de los tres mosqueteros.

17

**Una enorme bola de papel
Miami, 2004**

Como sabía que iba a pasar horas atrapado entre adultos, Sebas cogió una docena de hojas de papel de la impresora, las pegó cuidadosamente con cinta adhesiva y ensambló una amplia superficie de papel donde matar tiempo dibujando. Sebas dibujaba con una maestría extraordinaria para un niño. Era impresionante la seguridad con que manejaba un instrumento tan ordinario como el marcador negro de punta fina. Lograba formas complejas con trazos breves y seguros, sin esfuerzo alguno. El gorro de un joven asomado en un balcón era una curva apenas visible. Las cúpulas, antenas, picos y helipuertos sin helicópteros que remataban las torres residenciales de Brickell, rayas sueltas que se completaban en la cabeza del espectador; en este caso la señora Gloria, la madre de Rina, la única persona que, aparte de Sebas, llegaría a ver su dibujo y que, impulsada por una combinación de buenos modales y curiosidad genuina, le preguntaría por el significado de un suicida en traje y corbata que saltaba del edificio más alto, y por qué no había dibujado la bahía, a pesar de que el dibujo estaba basado en el paisaje que se veía desde allí, y sin embargo, sí aparecían docenas de aviones a punto de estrellarse y volando en direcciones imposibles. Sebas le respondería con altivez de niño genio que la alusión al once de septiembre era evidente, pero que prefería no explicar sus obras porque hacerlo equivalía a admitir su fracaso.

M y Tammie se habían puesto de acuerdo con los Heredia para conocer el apartamento nuevo de Luigi y Rina, y de paso entregarles los regalos del baby shower. El apartamento quedaba en un edificio de lujo en Brickell, tan nuevo que no lo habían terminado de construir. Ni M ni Eddie se percataron de que el edificio no estaba acabado, a pesar de que anduvieron entre pasillos con techos desnudos y paredes sin pintar. Tammie y Claudia, en cambio, inventariaron las faltas y se las comentaron a Rina apenas la saludaron. La insistencia de Tammie y Claudia en los defectos era una forma de ocultar la impresión que les causaba la opulencia del lugar, con sus pisos de mármol, techos altos y su vista doble a la bahía y a la ciudad; un apartamento volador de cuatro habitaciones, como los que salen en las películas de Wall Street.

Se instalaron en una mesa en el balcón, un espacio amplio con paredes transparentes donde la brisa marina anulaba el calor pegajoso de la calle. La señora Gloria les sirvió mimosas preparadas con jugo de naranjas exprimidas en casa. Eddie y Claudia entregaron sus regalos: dos bikinis que las mellizas no podrían usar en por lo menos dos años y una casa de muñecas de madera antigua, de 1935, en perfectas condiciones, que las mellizas tampoco podrían usar por mucho tiempo. Claudia no pudo resistir la tentación de comprarla en las tiendas de antigüedades de Flagler. Tammie y M, al contrario de los Heredia, optaron por regalos prácticos: un calentador de biberones y una máquina de ordeñar leche materna que Rina había pedido.

Eddie propuso un brindis triple, por el apartamento, las mellizas y, sobre todo, por su familia, pues tenía una noticia importante que compartir: se iban de Miami. Acababan de comprar los pasajes. La decisión era irreversible. Después de reunirse con contadores y abogados y descubrir que habían acumulado una deuda que nunca serían capaces de pagar, habían decidido irse. Si se quedaban, tendrían que declararse en bancarrota. El estigma del crédito arruinado y los malos prospectos de trabajo no ameritaban el esfuerzo. Se negaban a pasarse la vida trabajando en posiciones denigrantes para saldar una deuda impagable. Claudia tenía pasaporte italiano y sus obras se estaban vendiendo en Londres. Era lógico que apostaran por un futuro basado en sus verdaderas aspiraciones: el arte en el caso de Claudia, la edición de largometrajes en el de Eddie. Igual podían cancelar sus deudas desde Londres, poco a poco, o de un golpe, si les iba bien, nunca se sabe.

Las copas quedaron suspendidas en el aire hasta que Luigi chocó la suya con la de Eddie, incitando una cadena de abrazos, llantos contenidos y preguntas sobre planes concretos. La decisión era firme:

—Nos vamos en una semana, ya tenemos los pasajes y conseguimos apartamento —les dijo Eddie.

—¿Y qué les aconsejó el abogado? ¿No los pueden meter presos si los agarran fugándose? —preguntó M.

—No nos pueden meter presos, pero sí pueden hacernos vivir como perros, quitarnos todo. Igual, si pagamos la deuda podemos regresar cuando nos dé la gana. Tenemos que irnos antes de que nos entierren, sobre todo por Sebas —dijo Eddie.

La deuda de los Heredia sobrepasaba los doscientos cincuenta mil dólares. La habían acumulado a lo largo de cinco años, en los que se habían dedicado a transferirla de tarjeta en tarjeta en maniobras que al principio parecían brillantes y les permitían pedir más dinero sin pagar intereses a corto plazo, pero que ocultaban condiciones leoninas. No tenían bienes que liquidar, con la excepción de los equipos de edición, que igual no podían vender porque sin ellos Eddie no tenía manera de trabajar a destajo. Por fortuna, la deuda de sus carros estaba casi amortizada. Un amigo iba a desocupar un apartamento en el norte de Londres que costaba más o menos lo mismo que estaban pagando en Miami. Era chiquito, pero tenía dos habitaciones y hasta un jardín, que es un lujo en esa ciudad. La galerista le había prometido a Claudia montar una exposición individual en otoño. Si de verdad quería dedicarse al arte, Londres era la ciudad ideal y esta podía ser su última oportunidad.

Rina se alteró con la noticia. A pesar de que apenas se había recuperado del accidente en la playa, se bebió tres copas de mimosa con la excusa de que estaba estreñida y que quizás "una gotita" de alcohol la relajaría. M estuvo a punto de contarle a sus amigos del embarazo de Tammie, pero se contuvo a sabiendas de que su esposa no le hubiera perdonado nunca el gesto. Lo que sí les dijo fue que se iba a operar esa semana, una intervención menor, de ambulatorio, un poco vergonzosa pero sin importancia: una verruga en el pene. Sus amigos, concentrados en la noticia de los Heredia, no le hicieron caso.

Rina les hizo prometer a todos, tres veces, que se seguirían viendo con frecuencia, sin importar el sitio del mundo en que vivieran, y que se las arreglarían para reencontrarse en el bautizo de las mellizas. Ahora, más que nunca, quería que Claudia fuera la madrina de sus hijas.

La señora Gloria sirvió seis botellas de champaña esa tarde, y cuando por fin decidieron irse, obligó a Eddie y M a tomarse dos tazas de café cargado para evitar accidentes. Antes de despedirse, Sebas contempló con satisfacción su dibujo, lo convirtió en una bola de papel enorme y lo lanzó por el balcón con la esperanza fallida de que le cayera a alguien en la cabeza.

18

El brebaje de Eddie
Londres, 2013

Se supone que el rol de M en la convención anual es el de observador. Según la regla informal, sólo el personal local trabaja en las convenciones. Los extranjeros vienen en plan social. Pero esta vez M no ha parado de trabajar. Sus contrapartes europeas lo solicitan sin tregua. Le hacen consultas sobre temas de poca monta, como el color de unas carpetas o la tipografía oficial para las presentaciones. Se comportan como si supieran que está a punto de ascender a la alta gerencia: le celebran las decisiones, se ríen de sus bromas, le hacen preguntas sobre su familia y el clima, lo involucran en cuanta decisión hay que tomar.

La reunión con Míster Gamble y el pacto inesperado entre Sebastián y Martín lo tienen nervioso. Quiere salir de allí cuanto antes, hablar con Tammie de una vez por todas, aprovechar la cena en casa de los Heredia para aclarar las cosas con Sebas. Está molesto con Sebas y Martín por haber conspirado a sus espaldas. Por otra parte, la rebeldía de Sebas es de esperar en un chico de su edad, y Martín no parece tener malas intenciones. En el fondo, lo único que le interesa a M es dirigir su película. El resto son excusas. Viéndolo bien, ni siquiera si se hubiera planteado las cosas de esa manera habría salido tan bien parado. Martín le está ofreciendo la posibilidad de concentrar todas sus energías en hacer exactamente lo que quiere hacer: dirigir a Tadea.

Así se pasa el día M, cavilando de reunión en reunión, molesto, contento, molesto otra vez, solicitado por sus contrapartes y buscando el teléfono en el bolsillo interno del saco para asegurarse de no haber perdido la llamada con que lo amenazó Míster Gamble. Pasadas las siete, logra escaparse a su habitación. Se echa en la cama, reposa diez minutos viendo el techo y piensa en lo que le va a decir a Tammie antes de coger el teléfono y llamarla para contarle todo de una vez por todas. Tammie contesta almorzando en su escritorio.

—Buenas noticias mi amor. Hablé con Míster Gamble y me dijo que me va a poner a la cabeza de un proyecto grande —le informa M a su esposa con entusiasmo artificial.

—Ya era hora. ¿Hablaron de plata? ¿Te va a nombrar vicepresidente? —pregunta Tammie incrédula.

—Tú sabes cómo es él. La vez anterior se tomó un tiempo en ascenderme, como tres meses.

—No sé. No confío hasta no ver la plata. No entiendo por qué no hablan de plata si es lo que más le gusta a Gamble en la vida.

—Tú sabes que hay un protocolo para estas cosas. Pero ya hablé con él y me dijo que va a poner al frente de un proyecto grande. Es cuestión de esperar.

—Ver para creer —insiste Tammie.

—La vez anterior fue igual. Por cierto, y hablando de proyectos, ¿te acuerdas de lo que te dije? ¿Te acuerdas de que te hablé de Sebas y un asunto que tenía que discutir con él? —pregunta M, ansioso por contarlo todo.

—Sí, claro que recuerdo, pero no entendí ni jota.

—Hay algo que no te he dicho y que es importante: vi a Sebastián en un video pornográfico.

—No te entiendo. ¿Viste a Sebastián adentro de un video porno?

—Eso mismo, un día vi un video porno y por casualidad el protagonista era Sebas.

—¿Sebastián Heredia en un video porno? ¿Y haciendo qué?

—Haciendo porno, de protagonista, de actor.

—¿Y entonces?

—Entonces lo llamé para preguntarle qué estaba haciendo allí. No quería preocupar a nadie. Entonces hice lo correcto y lo llamé a él directamente.

—¿Y por qué no me contaste antes? —pregunta Tammie conteniendo la rabia.

—La verdad, no sé. No estaba seguro de que el actor fuera Sebas, pero te lo estoy diciendo ahora, que es lo que cuenta. Lo importante es que te lo estoy diciendo.

—¿Y qué otra cosa no me has dicho?

—Nada, que la razón por la que me reuní con Sebas es precisamente porque vamos a hacer una película.

—A ver si te entiendo. Te reuniste con Míster Gamble y te prometió castillos en el aire y después saliste a ver a Sebas para hacer una película pornográfica. ¿Te volviste loco?

—No, nunca he estado más cuerdo en mi vida —dice M con una calma que los sorprende a ambos.

—No puedo creer lo que estoy oyendo. ¿Cómo es eso de que vas a hacer una película porno? ¿Qué piensas hacer? ¿Actuar? Porque eso es lo único que te falta, meterte a actor porno.

—No. ¿Cómo crees? Claro que no, no voy a actuar, voy a dirigir —dice M ofendido.

—¿Tú entiendes lo que me estás diciendo? Yo sé que te la pasas viendo basura de noche y eso te lo puedo perdonar, al fin y al cabo todos los hombres son unos cerdos, pero dirigir tú un porno y con Sebas, que podría ser tu hijo, eso es una aberración. Recuerda que tienes un hijo. ¿Cómo te sentirías si Chris se entera? ¿Y si se enteran en la compañía? Mis padres te matan. Te vienes para Miami ya. No me importa nada.

—No es tan sencillo. Y la verdad es que no me importa lo que pienses porque tengo la razón. Por una vez en la vida voy a hacer lo correcto —dice M imperturbable.

—Te dejas de locuras y te vienes ya. Si no te regresas ya, te atienes a las consecuencias.

—Me paso las consecuencias por el forro —afirma un M resoluto.

—De acuerdo. Pero eso sí, a esta casa no regresas. Idiot —dice Tammie antes de colgar. M esperaba una reacción violenta de Tammie, pero nunca pensó que le pondría un ultimátum. Es la primera vez que se le planta a su esposa. Por un momento llegó a sentir que no era él sino otra persona la que hablaba por su boca. Una persona mejor. ¿Qué está haciendo? ¿Qué esperaba? ¿Que Tammie aceptara todo sin chistar? ¿Por qué se siente aliviado? ¿Por qué se siente tan fuerte? Nunca en su vida ha estado tan seguro de sí mismo. M se hace las preguntas lógicas y, a pesar de que no las puede responder, tiene la certeza absoluta de que todo va a salir bien.

El reloj marca las ocho, la hora convenida con Luigi para salir a la casa de los Heredia. Los amigos se encuentran en el lobby del hotel y salen a la calle a coger un taxi. Londres les ofrece un poniente rojo y desgarrado, que otros paseantes celebran con admiración, pero que ellos ignoran del todo.

—¿Al final te reuniste con el viejo después que yo? ¿Qué te dijo? —pregunta M.

—Me habló de un proyecto—responde Luigi—, pero no me explicó mucho, aparte de decirme que quizás trabajaríamos juntos. ¿Tú sabes lo que quiere?

—No tengo la menor idea. Todo lo que te puedo decir es que Míster Gamble está cocinando un proyecto importante, y que ese proyecto es mío, y que si te lo robas te reviento, te aniquilo, te jodo —dice M.

—Quédate tranquilo, yo no estoy en posición de quitarle nada a nadie —explica Luigi—. Ni a ti, que eres mi amigo, ni a Míster Gamble, que me ha ayudado bastante. Tú sabes todos los favores que le debo. El viejo me condonó la deuda del Belén y trató a Rina como a una reina cuando la operaron. Ni un centavo me cobraron y los tratamientos eran carísimos. Yo les debo demasiado a los dos para hacer cualquier cosa que los vaya a perjudicar. De verdad relájate, que estás paranoico.

—Mientras estemos claros me quedo tranquilo. Eso sí, no te equivoques conmigo... Por cierto, ¿el viejo no te habló de un tal Cefas? —pregunta M, ya montado en el taxi.

—¿Cefas? no, no me habló de ningún Cefas. ¡Qué nombre tan raro!

*

Los Heredia viven en la planta baja de una casa victoriana dividida en tres apartamentos de alquiler. El primer piso lo ocupa un señor italiano de unos cincuenta años de profesión mesonero nocturno, al que sólo han visto en dos ocasiones y que acostumbra mover sus muebles de manera ritual a golpe de las cinco de la mañana. Claudia sostiene que es asesino en serie y que los ruidos que hace son de mutilaciones de víctimas. En el segundo piso vive una pareja joven paquistaní que no habla mucho, que vino a sustituir a una estudiante japonesa que parecía menor de edad y apenas hablaba, que a su vez sustituyó a un joven galés que hablaba compulsivamente pero no pagaba la renta. Como da al jardín, el apartamento parece más grande de lo que es: dos habitaciones, una sala tan pequeña que parece un pasillo, un baño y una cocina distribuidos en setenta metros cuadrados.

Claudia se ha esmerado en la decoración: unos pocos muebles de diseño conseguidos en tiendas de segunda mano o heredados de amigos y obras de arte contemporáneo, incluyendo una serie de sus carteras plateadas enmarcadas, una esfera de jabón de glicerina teñida de azul eléctrico y una fotografía de colores chillones en gran formato del venerable José Gregorio Hernández. La habitación principal, con vista al jardín, es amplia y está decorada al estilo minimalista, con un futón a ras del piso y mesas de noche de madera de bambú. La habitación de Sebas, en cambio, parece un armario desordenado: prendas de algodón negro que desbordan las gavetas, afiches raídos de Marilyn Manson, revistas de música apiladas sobre el piso, ceniceros rebosantes de colillas y docenas de blocs llenos de dibujos. Un angosto pasillo separa las habitaciones de la cocina, que parece de casa de campo con sus cacerolas de peltre guindando arriba de la estufa y salida directa al jardín por una puerta azul.

Eddie prepara una interpretación libre del chupe que incorpora aguacate y zanahoria. Cocina en una caldera negra enorme con una ilustración descascarada de una langosta. Piensa en la impresión que va a provocar a sus amigos cuando lo vean con la barba de leñador que se ha dejado y los kilos que ha ganado en Londres, ¿diez?, ¿doce? Está gordísimo. Siente los rollos de la barriga como si tuvieran vida propia. Si le estuviera yendo bien su aspecto estaría justificado, sería el producto del sobretiempo, de las preocupaciones típicas de la industria cinematográfica que nunca ha vivido. ¿Qué va a decir sobre su carrera? Desde que llegó, apenas si ha participado tangencialmente y sin cobrar un penique en películas experimentales. Se tendrá que refugiar en su chupe, que sabe le va a quedar exquisito, y sobre todo en su arma secreta, un brebaje que va a enloquecer a los invitados.

Claudia habla por teléfono en una esquina del jardín, debajo de un rosal seco donde se la puede ver pero no escuchar. Sebas y Tadea esperan en su estado natural: encerrados con llave en la habitación-clóset, escuchando música ambiental a volumen medio, fumando cigarrillos, haciendo el amor en silencio, o haciendo nada.

Tocan a la puerta. Eddie apaga el fuego para evitar un accidente y se apura a abrir. Son Gastón y Colin, un francés y un irlandés inseparables que se han convertido en los mejores amigos de Eddie en Londres. Gastón, el francés, es rechoncho, tiene barba de ocho días y viste una camiseta ajada amarilla que le queda grande. Colin, en cambio, es un rubio alto y apuesto de ojos grandes y nariz menuda, y lleva una camiseta de algodón blanco ajustada que resalta su musculatura. Colin trae un salami, Gastón unas latas de cerveza Red Stripe. Colin pasa a la cocina con Eddie. Gastón va directo a la habitación de Sebas, da dos portazos y pregunta por su "capullo". Sebas lo manda a la mierda, pero termina cediendo y lo deja entrar. Gastón les pasa una cerveza a los muchachos y les pregunta si tienen cigarrillos. Sebas le dice que no, pero Tadea le da un pitillo que Gastón enciende echado boca arriba en la cama. En la cocina, Colin le pide a Eddie que le sirva un plato de sopa. Eddie le dice que todavía no está lista. Colin le arrebata el cucharón de un manotazo, se sirve él mismo en un tazón de peltre y sorbe un trago que le quema la lengua y que escupe en el cesto de la basura. En lugar de quejarse por la quemadura, se limpia con el brazo, como si nada hubiera pasado, y vuelve a sorber del tazón. Bebe un sorbo largo y da su veredicto: "Una mierda de sopa. Le falta sabor". Resuelve el problema lanzando el salami en la olla, etiqueta incluida.

Eddie, indignado, lo amenaza con botarlo de la casa. Colin le dice que demuestre que tiene bolas y lo bote. Si no lo hace es una hembra, cosa que viene sospechando desde el día en que lo conoció y que ha confirmado en numerosas ocasiones, como por ejemplo ahora mismo, al ver a su mujer hablar por teléfono en el jardín sin que él, su marido, pueda escuchar lo que dice. Un hombre que se respete nunca permitiría semejante comportamiento, mucho menos tratándose de una mujer "apetitosa como Claudia". Eddie le da una cachetada cariñosa a Colin. Colin le muestra un puño, pero en lugar de golpearlo, lo atenaza por debajo de los hombros, lo levanta tres centímetros del suelo y le pregunta si tiene dinero para seguir la fiesta después de la cena. No tiene dinero, pero sus amigos sí, responde Eddie, todavía suspendido en el aire. Colin lo suelta de golpe y le pregunta si tiene preparado algo especial para la noche. Eddie señala con la boca una bolita de papel aluminio apilada entre las especias. Gastón abre el envoltorio y destapa un polvo verde, compacto y pegajoso. Coge una llave, raspa el polvo, lo esnifa, chupa la llave y celebra: "Mejor que la sopa. Mil veces mejor que la sopa". Eddie sonríe con orgullo y prepara un brebaje en un termo de medio litro combinando té, whisky, agua caliente y el polvo verde.

Cordelia, la galerista de Claudia, entra por la puerta azul del jardín acompañada de su representada. Colin se esfuerza por mirarlas directamente a los ojos, particularmente a Cordelia, cuya presencia lo cohíbe. Eddie, en cambio, recibe a Cordelia con naturalidad y le sirve una copa de un vino tinto húngaro de dos libras la botella. Cordelia es hermosa. Hija de mexicana y escocés, tiene un rostro que es imposible no tachar de exótico: ojos achinados, piel canela, labios carnosos y unas orejas enormes cubiertas por una gruesa cabellera rubia. Es una de esas mujeres que cohíben a los hombres sin que estos sepan por qué. En su caso, quizás sea por su tono rudo, asertivo, o por su mirada taladro, o por su inglés intachable que salta sin aviso de lo culto a lo vulgar y contrasta con su talle delgado y sus maneras delicadas.

Se crio en el mismo barrio donde se encuentran, Kentish Town, y tiene una pequeña galería en el mercado de Camden Town que le da para vivir al día, pero que un purista consideraría tienda de souvenirs de lujo. Las obras de Claudia se venden bien entre los turistas que visitan el mercado, siempre dispuestos a gastar unas cincuenta libras en una pieza que divierta y decore a la vez. Claudia hace unas mil libras al mes de las ventas, que no declara al fisco, y se redondea atendiendo la tienda cuando Cordelia no puede. Ese dinero, las contadas libras que Eddie y Sebas hacen trabajando a destajo en un pub donde recogen vasos y limpian mesas (siempre hay necesidad de alguien que limpie en The Frog) y las transferencias ocasionales que reciben de sus padres (dirigidas a los gastos de Sebas) suman la totalidad de los ingresos de los Heredia.

Llegan los invitados de honor, Luigi y M. Tadea se adelanta a abrir, mientras Gastón discute los términos de pago de una bolita de hash que le vende a Sebas. Tadea le da un beso doble en las mejillas a M y le extiende la mano a Luigi diciendo que es la novia de Sebas. Su tono se podría juzgar burdo, pero Luigi lo percibe refinado por venir de aquel rostro que no puede dejar de mirar, de esa aparición angelical, y le ofrenda las dos botellas de champaña que ha traído y una sonrisa de apariencia espontánea que pretende significar persona madura, acaudalada y generosa que bien le convendría conocer, pues podría conseguirle empleo, o iniciarla en algún tipo de comida exótica en un restaurante de moda que de otro modo nunca visitaría; etíope, por ejemplo. Sebas llega a un acuerdo con Gastón por la bolita de hash (veinticinco libras ahora, veinticinco a futuro) y se acerca a recibir a los visitantes. Le da un abrazo efusivo a Luigi, que le acaricia bruscamente la cabellera, pero en cambio ignora de plano a M, que se hace el loco. Gastón aprovecha la confusión para arrebatarle una de las botellas de champaña a Tadea y esconderla detrás de una maceta, antes de presentarse como "el francés amigo de Eddie". Luigi le pregunta de qué parte de Francia es. Gastón responde con una palabra atiborrada de consonantes que suena a insulto milenario. M le pregunta de qué región es "la ciudad" que mencionó. Gastón responde que no se trata de una ciudad sino de una "apestosa aldea bretona" que detesta con toda su alma y suelta una carcajada de cabrito.

Eddie y Claudia se abalanzan a recibir a sus amigos. Claudia coge la botella de champaña y la descorcha en el acto para brindar por el encuentro. Luigi le pregunta por la segunda botella a Tadea, que no la consigue. Claudia propone salir al jardín: "Es una noche hermosa y en Londres no se puede desperdiciar un segundo de buen clima, ni siquiera en verano".

El grupo entero sale al jardín, con la excepción de Colin, que se queda en la cocina, prueba el brebaje que preparó Eddie, eructa un gas ácido en silencio y vierte el termo entero en la sopa, pensando que con esa dosis podría drogar a un equipo de fútbol e imaginando a las estrellas del equipo irlandés bajo los efectos del brebaje arrastrándose en un encuentro contra una selección inglesa indignada.

Claudia le comenta a M que sabe que peleó con Tammie y que le tiene buenas noticias: "Todo está arreglado. Al final me hizo caso y, aunque me costó, la logré calmar". M se pregunta si es posible que Tammie y Claudia hayan hablado de la película, pero se responde que no. Lo más seguro es que Claudia no sepa nada y que Tammie le haya hablado en términos generales de una pelea y le haya hecho creer que estaba dispuesta a reconciliarse para evitar entrar en detalles. De cualquier manera, la verdad es que M no quiere hacer nada al respecto.

"¡La sopa está lista!", grita Colin desde la cocina, e invita a los comensales a servirse. Eddie aclara que la cocinó él y no el "bueno para nada irlandés este, que lo único que hizo fue tirarle un salami. Aunque tengo que aceptar que el salami le dio cuerpo al sabor". Luigi le vuelve a preguntar a Tadea por la botella de champaña perdida, pero Tadea se encoge de hombros, no tiene idea de dónde puede estar.

El chupe es un éxito rotundo. La única persona que no repite es Sebas, que enciende un cigarrillo en la puerta del jardín y se queda mirando el cielo como ido. Atenaza el pitillo con los dientes y fuma sin moverlo de la boca. Echa el humo hacia afuera para no molestar a los comensales, que se sirven segundos y terceros platos de sopa y celebran al cocinero. Una línea larga y compacta de ceniza se extiende desde la punta del cigarrillo desafiando la fuerza de gravedad. El fuego comienza a consumir el filtro. Sebas saca la colilla de la boca, sopla la ceniza y justo antes de quemarse los dedos, la lanza a la casa de al lado.

Claudia recolecta los platos y Eddie los sustituye con un postre presentado con esmero: helado de vainilla con frambuesas y chocolate caliente. Colin pide un licor más fuerte para acompañar el postre. Eddie le sirve un vaso de whisky seco. A Cordelia le parece que el vino le ha pegado más de la cuenta. Ha de ser le edad, ya no es la misma de antes. M también se siente más bebido de lo normal. Claudia pregunta qué grado de alcohol tiene el vino. Colin confiesa entre carcajadas que el efecto que sienten no es del vino, sino de un brebaje que derramó en la sopa. Nadie le cree, excepto Eddie, que revisa el termo y confirma en voz alta que su amigo aliñó la sopa. Claudia propone un brindis por la amistad, la verdadera, la que perdura, y por la película. M le pregunta de qué película habla. Claudia le pide que no se haga el loco. Pasó la tarde con su amigo Martín y ya todo está resuelto. "Qué simpático el argentino ese ¿Es gay?". M dice que no cree que Martín sea gay. Claudia abraza a Sebas, le estampa un beso a Tadea en el cráneo y jura que esta vez la producción va a ser "despampanante", una película de la que van a estar "orgullosos", "una verdadera obra de arte". Gastón se escabulle, descorcha la botella de champaña en la sala y se la bebe al morro feliz.

*

El pop anodino del minicab retumba en las venas de los pasajeros que se doblan en ataques de risa incontenibles. Cordelia lee la palma de la mano de Claudia, le presagia un futuro de manantiales, ríos, océanos de amor. Eddie se asoma por la ventanilla, saca la lengua como un perro. El chofer, un hombre diminuto que parece un castor, aprovecha el ambiente relajado para encender un cigarrillo. M sigue con atención la pantalla del GPS desde el puesto de copiloto. Compara los gráficos del monitor con la calle: las estaciones de tren; una estructura masiva de tubos circulares que el chofer le asegura es un tanque de gas; un edificio neoclásico que rompe el patrón de casas de ladrillos rojos apiñadas por cuadras. M nunca entenderá esa ciudad que parece una aldea infinita, que produce lo mismo palacios y jardines sublimes que borrachos de esquina y chimeneas colosales. Mira a Cordelia por el espejo retrovisor. Le asombran su hermosura y el descaro con que se ve con Claudia. M quisiera ver a alguien como Claudia y Cordelia se ven entre ellas, ser tan hermoso como ellas, y se percata de que es lo mismo, porque lo que las hace hermosas es el descaro con que se miran.

El chofer cobra quince libras que M paga en efectivo. La fila para entrar al club atraviesa cuadra y media. Está formada en su mayoría por chicos de la edad de Sebas y Tadea, recién bañados, vestidos de verano, mostrando carne. Cordelia se adelanta a hablar con el portero mientras llega el otro minicab con el resto del grupo. M se lamenta; cree que no van a poder entrar con tanta gente. Propone ir a otro sitio menos popular. Se siente viejo para que lo humillen en la puerta de una discoteca. Claudia le dice que no se preocupe: todo está arreglado de antemano. Los están esperando en la puerta trasera. Se asegura de que Sebas y Tadea tengan sus carnés de identidad a mano. Deben ser discretos al darle la vuelta a la manzana para no irritar a quienes esperan en la fila. Colin y Gastón preguntan si les van a cobrar por entrar. Claudia les dice que no cree. Sólo necesitan sus carnés de identidad. Gastón dice que la única identificación que tiene es la de su club de video. Nadie le responde.

Un chico con crespos de ángel y anteojos de pasta gruesa los recibe en la puerta trasera; les da la bienvenida y les pide que lo sigan a la zona VIP. No les pide carnés de identidad. Gastón le pregunta si es verdad que en la zona VIP pueden beber lo que quieran sin pagar. El joven le responde con una sonrisa que parece significar que sí. Colin, avergonzado por la ingenuidad de Gastón, le da una palmada en la frente para que no pregunte idioteces y le ordena que siga la corriente como le corresponde a un bretón obediente.

El club está repleto. La masa baila como en trance un tema electrónico pausado, acelerado, casi lento, casi rápido. El aire sabe limpio pero está lleno de partículas que se dejan ver entre las luces verdes y azules. Atraviesan un mar humano que se abre frente al joven de crespos de ángel, Moisés de la noche londinense.

La zona VIP está en una tarima sobre la pista de baile. La gente allí está mejor arreglada que el resto, con chaquetas y vestidos. Beben champaña y whisky y, efectivamente, los tragos son gratis, celebra Gastón con una flauta de champaña en la mano derecha y un trago de vodka en la izquierda, que junta en un brindis por sí mismo con tanta fuerza que no entiende cómo no se le quiebran los vasos. Claudia y Cordelia bailan abrazadas, como si estuvieran solas y se acabaran de descubrir. Colin y Gastón merodean a su alrededor. Eddie habla entusiasmado con un hombre alto que viste un manto beige. Su presencia le parece familiar a M. Le causa una emoción que no entiende por completo. Se acerca y se da cuenta de que es Martín, que abre los brazos en cruz y sonríe con amplitud de comercial de pasta dental. Se abrazan. M intenta separarse, pero Martín lo aprieta. Huele a lavanda y tiene el cuerpo caliente, piensa M, mientras siente la textura de su barba contra su mejilla. Eddie le explica a M que el encuentro es una sorpresa. Martín fue quien los invitó, no sólo a ellos, sino al personal en pleno de la película. Está asumiendo los gastos. Barra abierta. Si no le dijo antes fue para no arruinar la sorpresa. M exige una explicación: "¿Qué es eso del personal de la película? ¿De qué película hablan? ¿Se pusieron de acuerdo para robarme el proyecto?".

—No, no, nada de eso. Tranquilizate. Parecés chamuscado —responde Martín—. Nadie le ha robado nada a nadie, por el contrario, vos estás en el mero centro de un círculo virtuoso del tamaño de la Gran Muralla China. No te preocupes por nada, sino por alcanzar tu sueño, que te estoy ofreciendo en bandeja de plata. Todo está listo. Fíjate. Filmamos mañana en la tarde, a las tres. Contratamos un estudio enorme en King's Cross. Te va a encantar. Rafal nos recoge a la una y media, así te da tiempo para descansar. A Luigi se le ocurrió una idea brillante: traernos el set de la película anterior completo. Llevo todo el día trabajando en eso. Eddie va a hacer la posproducción. Tadea y Sebas están listos. Pocas veces había sentido una energía tan armoniosa. Las cosas suceden por sí mismas. No te habían dicho nada porque quería darte la sorpresa en persona. ¿Qué decís? Tomate un trago y celebrá. Lo merecés. Permitite una sonrisa, por el amor de Dios.

M se siente emboscado, pero en el mejor de los lugares. Como si lo hubieran engañado para llevarlo al paraíso. Y aunque intenta hacerlo, aunque le conviene hacerlo, no puede pensar en la situación por mucho tiempo, porque la música lo engulle. La música y las luces de la disco y Tadea, que rueda como trompo en cámara lenta justo cuando suena el celular de M. Llamada de Míster Gamble, la llamada con la que lo había amenazado cuando se reunieron en el hotel. Contesta al segundo repique, se disculpa por el ruido y le pide un minuto a Míster Gamble para hablar desde un espacio tranquilo. Trota hasta el baño tapando el micrófono del teléfono con el dedo gordo. Le pregunta la hora al empleado encargado de pasar el papel higiénico. Son las dos y veinte de la mañana, augurio terrible, considerando que Míster Gamble no llamaría a esa hora si no se tratase de un asunto urgente:

—¿Míster Gamble? ¿Pasa algo? ¿En qué puedo ayudarlo?

—No sé qué es peor, que usted me haya hecho esperar a esta hora o que esté de fiesta. Usted es un verdadero irresponsable. Es capaz de arruinarse y arruinarnos a todos en el proceso.

—Disculpe, Míster Gamble, nunca pensé que me podría llamar a esta hora, pero, ¿en qué puedo ayudarlo?

—No sé si voy a cometer el error más grande de mi vida, pero ¿quién soy yo para contradecir a Cefas? Quiero que sepa que su reputación está en juego. Su carrera y el futuro de la compañía dependen de usted. Eso sin mencionar el futuro de su familia, desde luego. Aunque a estas alturas dudo que a usted le importe nada. Considere esta llamada un anuncio oficial, porque en esta ocasión, y por recomendación del departamento legal, no vamos a enviar memos. La compañía va a financiar su proyecto. Sepa que estamos arriesgando nuestra reputación por su capricho. Y escúcheme bien: deje de beber en el acto. Ya. Ahora. Ni una gota más. ¿Está claro, o no me entiende? Usted se viene para el hotel inmediatamente y se trae a Martín y al resto del personal, que bastante dinero estamos invirtiendo en su capricho. Aclárele a Martín que los gastos de esta noche no los va a cubrir la producción. Los necesito frescos mañana. No se vaya a equivocar —advierte Míster Gamble antes de colgar.

M sale del baño confundido. Ve a Claudia y Cordelia lamerse en una esquina como adolescentes enamoradas; a Eddie, que las espía de reojo y sigue hablando con Martín como si no pasara nada; a Colin y Gastón meneando las cabezas como marineros borrachos en un puerto tropical; a Sebas y Tadea, besándose apoyados de una columna. Entonces alza la cabeza, aspira profundo y se lanza a bailar con la emoción de quien está a punto de jugárselo todo.

19

Protección divina
Miami, 2004

Los platos son responsabilidad de M. Y sacar la basura, y lavar los baños, y a veces pasar la escoba después de lavar platos. Entre sus responsabilidades, prefiere lavar platos. Suele seguir un orden ritual: organiza los platos por orden de tamaño; luego llena de agua caliente el compartimiento izquierdo del fregadero, echa un chorro de jabón, sumerge los trastos y los pasa uno por uno al lavaplatos automático. Si tienen pegados trozos de comida, los restriega en el compartimiento de la derecha. Las ollas son incómodas; apenas caben en el fregadero y suelen cubrirse de grasa. Prefiere lavarlas con esponja y cepillo cuando termina con las piezas pequeñas. Detesta el tacto de los restos de comida mojada y que el aceite le embadurne las manos. Antes de encender el lavaplatos, se asegura de que esté lleno hasta el tope para no derrochar energía. Al final, limpia el fregadero y la superficie de la cocina con sumo cuidado, como lo hacía su madre. El proceso estimula la aparición de un río de imágenes en su mente, entre las que recurren la vista de la Tierra desde el espacio, y a veces formas geométricas de colores brillantes que se tornan gelatinosas, como las que salen en los monitores de algunas computadoras cuando descansan. No le gusta que Tammie le hable cuando lava platos. Si lo hace no la escucha, sino que repite automáticamente sus frases con la esperanza de que lo deje en paz con sus visiones. Por supuesto, Tammie acostumbra hablar cada vez que M lava, entre otras cosas porque nadie le ha pedido que no lo haga. Habría que señalar, sin embargo, que la noche antes de la operación fue M quien procuró hablar con Tammie. Quería contarle que cuando preguntó por el nivel de riesgo de su operación, el doctor Badur le dijo muy claramente que no existe intervención quirúrgica sin riesgo de muerte. Pero Tammie no le hizo caso. Estaba absorta planchando y ordenando ropa con una dedicación inusual. M pensó que el comportamiento de Tammie tenía que ver con los cambios hormonales típicos de la preñez y que era mejor no atormentarla con sus miedos, pero no pudo contenerse y le confesó de golpe que estaba muy nervioso y que no entendía por qué lo ignoraba ahora que la necesitaba tanto. Tammie le respondió que lo conocía demasiado bien y que si no le hacía caso era por no darle cuerda. Una operación menor había que tratarla como tal. Lo único que M debía hacer esa noche era tomarse la pócima de yerbas naturales que le había recetado el doctor Badur y no pensar en el asunto. Las pócima lo ayudaría a evacuar y evitaría que lo hiciera en plena operación, lo cual, además de inconveniente, podía ser peligroso.

M le hizo caso a Tammie y preparó la pócima. Olía a huevo, pero tenía un gusto suave, casi sofisticado. Parecía té de camomila con canela y queso de cabra, pensó un M decidido a vencer su ansiedad. Si no dormía, pues no dormía, y si terminaba adolorido después de la operación, pues tendría que sobreponerse. Al final la cirugía sucedería en un abrir y cerrar de ojos, como siempre pasa cuando se ven las cosas en retrospectiva, pensó M antes de salir al balcón a tomar aire fresco. Entonces, y sin razón aparente, como si la pócima le hubiera ocasionado un delirio, lo invadieron una serie de imágenes que no eran precisamente las que lo visitaban cuando lavaba platos, sino visiones de Petrus Gonsalvus de una nitidez pasmosa: Petrus con mirada de hombre y cuerpo de perro alargado, cubierto con un pelambre rojizo y sacando una lengua morada. Petrus dictándole los ingredientes de una receta infalible contra la peste a un grupo de damas de la corte. Petrus celebrando las propiedades de un hongo silvestre que cura la gota y estimula el vigor sexual. Petrus que trata de hablar, pero en vez de palabras le salen ladridos. Petrus haciendo el amor con una campesina que sufre horrores, pero que también lo desea, como se desea a los monstruos. Petrus que se mete en la cabeza de M y lo acompaña al inodoro, en una sesión incontenible, explosiva, con unos pedos larguísimos y constantes, como salidos del alma, tan sonoros que Tammie tocó la puerta del baño y le preguntó si se sentía bien.

228

—No, mi amor. Me siento fatal. No puedo parar la diarrea. Estoy delirando. Estoy viendo unas cosas muy raras.

—Es la medicina. Te limpia el estómago y eso te debilita. Es normal que te sientas así.

—Me estoy imaginando unas cosas muy raras. Creo que estoy alucinando.

—Lo que tienes es miedo. No seas cobarde. Lo único que te van a hacer es sacarte una verruga. Deja la lloradera.

—Sí, es verdad. Dame un segundo… Creo que me estoy sintiendo un poquito mejor.

—Okey, okey. Limpia bien todo please. No te olvides de prender el extractor de aire antes de salir del baño. Mira que la peste llega hasta aquí. Y rocía spray. Ojo: usa el que está debajo del lavamanos, no el Lysol, sino el orgánico de jazmín, el de la etiqueta amarilla. No se te vaya a olvidar.

M salió del baño exprimido y regresó al balcón a recobrar fuerzas. Al borde del horizonte se veía un bote que prendía y apagaba una luz, como si estuviera enviando mensajes en clave morse, opción que M descartó por descabellada: nadie lee clave morse hoy en día, excepto, quizás, algunos narcotraficantes que no se atreverían a operar en plena costa de Miami Beach, ¿o sí? No importaba. Lo único que importaba en ese momento era su enfermedad, sus consecuencias desconocidas, los síntomas que pronto se manifestarían a plenitud.

Mareo, falta de aire, una sensación de ahogo y la imagen de sí mismo cubierto, no de pelos como Petrus Gonsalvus, sino de hojas idénticas a la que le había nacido en el cuerpo, ovaladas, duras, diminutas. M como seto andante, hombre arbusto, sufriendo un ataque de cosquillas causadas por un grupo de niños curiosos que le acarician las hojas. M retorcido del ardor después de que un gato le arañase una pierna.

Tammie entró al balcón y encontró a su esposo aterrado en la silla plegable:

—No echaste el spray orgánico. ¿Cuántas veces te lo dije?

—Es que no me siento bien. ¿Usé el otro spray? No me di cuenta —respondió M agotado.

—El baño apesta a Lysol. No puedo entrar porque es malo para el feto. Es muy tóxico. Entre Rina y tú me están volviendo loca. Y tú ni siquiera me preguntas cómo me siento. Los primeros meses son los más críticos para el embarazo. Por eso no le quiero contar a nadie todavía ¿Cuántas veces te dije que usaras el spray orgánico?

—Tienes toda la razón mi amor, pero es que me siento fatal. Creo que la pócima me drogó. No puedo dejar de imaginarme cosas terribles. Estoy alucinando. De verdad, alucino literalmente. Creo que tengo dudas sobre la operación —confesó M.

—Rina está igualita a ti. Imaginándose bobadas, y eso que no se ha metido ninguna pócima. Las instrucciones dicen que es normal que te sientas mareado y hasta que alucines, pero se supone que no tarda en pasar. Ten paciencia.

—Creo que me estoy sintiendo un poquito mejor.

—A Rina se le metió en la cabeza que está a punto de dar a luz —dijo Tammie como si no hubiera pasado nada—. Y todo porque está estreñida. A veces creo que es más miedosa que tú. ¡Cómo si eso fuera posible! Le dan unas ganas de ir al baño terribles, pero cuando se sienta se queda trancada. Dice que las mellizas le chupan la energía como unos parásitos. A mí eso me pone nerviosa, la manera en que habla de ellas, como si se la estuvieran comiendo. No sé. No me gusta nada.

—Creo que lo que me dio no tiene que ver con la pócima. —dijo M, ignorando la historia de Rina—. Creo que lo que me dio fue simple y llanamente miedo, un ataque de pánico. Eso fue lo que me dio: un ataque de pánico. Tócame las manos. Las tengo sudadas. Y la espalda, empapada. Me da miedo que la operación salga mal. Creo que en el fondo no confío en el doctor Badur. El tipo es rarísimo. Si fuera por mí, cancelaría la operación.

—A mí la operación siempre me ha parecido apresurada —afirmó Tammie—. Pero como se supone que no es nada importante, no le he hecho mucho caso. ¿O es que tienes algo peor de lo que me has dicho?

M respiró profundo y por primera vez en toda la noche se sintió calmado, como si la pregunta de Tammie lo hubiera curado:

—Tienes razón, mi amor —le dijo—. Es una cirugía menor y me estoy portando como un niño, cuando lo importante aquí son tú y tu barriga. Perdóname. ¿Me perdonas?

—Está bien, te perdono, pero tienes que aprender a controlarte y a ser más considerado conmigo. Deberías cancelar la operación, por lo menos retrasarla. No puedes operarte en ese estado de nervios. Si no confías en el doctor, busca una segunda opinión. Los médicos trabajan para uno, no al revés. Tú eres el que está pagando y si te da la gana puedes cancelar. No puedes ser así de cobarde. Si quieres vamos y yo hablo con el doctor. Yo no le tengo nada de miedo.

*

Apenas se levantaron, M y Tammie llamaron para cancelar la operación, pero les contestó una grabación que instruía a intentar de nuevo en horas de oficina o discar el 911 si se trataba de una emergencia. Optaron por salir al hospital de inmediato y hablar en persona con el doctor Badur. Estaban tan ansiosos que ni siquiera se tomaron un café antes de llegar al Belén. Como M no recordaba la ubicación exacta del consultorio, se pararon a preguntar en la recepción. Los atendió una joven que dijo estar muy contenta por tratarse de su primer día de trabajo. M la felicitó y le pidió direcciones. La joven no consiguió el nombre del doctor Badur en la computadora, a pesar de haberlo deletreado de todas las formas que pudo imaginar. Como la idea de que sus primeros clientes la consideraran inútil la angustiaba, la empleada los invitó a pasar detrás del mostrador y probar por ellos mismos. Lo único que tenían que hacer era escribir el nombre y pulsar el botón "enter". La joven tenía razón, el doctor Badur no aparecía en la base de datos. Tammie sugirió llamar a otro departamento, el que fuera; el doctor tenía muchos años en el hospital y lo más probable era que alguien lo conociera. La joven le hizo caso, pero al parecer nadie sabía quién era el tal Badur.

M optó por hacer memoria y reconstruir el recorrido de su primera visita. Comenzaron por el sitio donde el padre Dámaso contó la historia del nacimiento animado. Allí había un cajero automático que M recordaba bien porque era de Wells Fargo, su banco. Se metieron por un pasillo que M reconoció gracias a una máquina de dispensar refrescos y que, por fortuna, llevaba a los mismos ascensores que tomó en su visita anterior. El consultorio estaba en el piso seis. Eso lo recordaba perfectamente. En el elevador, Tammie dijo que el nacimiento mecánico le había parecido espantoso: las caras de las figuras le revolvieron el estómago al punto de náusea. Lo que más la dio asco fue el pelo de los muñecos: largo, liso, brillante, baboso, como de muerto. No sabía por qué, pero había algo en el pelo de los muñecos que le daba miedo. M le contó que, según el padre Dámaso, el pelo del San José lo había donado una señora muy rica que murió de cáncer.

Caminaron entre oficinas abandonadas hasta la puerta del consultorio, que esta vez no sólo estaba cerrada sino que estaba sellada por una pantalla de papel blanco, como si la hubieran clausurado. Lo lógico hubiera sido que M pensara que se había equivocado de piso, pero estaba convencido de encontrarse en el sitio correcto. Tammie se burló de su sentido de orientación, se quejó por el tiempo perdido y optó por consultar ella misma los documentos de admisión en procura de alguna pista. El único sitio concreto al que hacían referencia los documentos era el departamento de admisiones. Volvieron a la recepción a pedir direcciones. En lugar de la joven que los había atendido, los recibió una vieja que les dijo con esfuerzo, como si no le quedara aliento, que sin lugar a dudas el doctor Badur se encontraba en el hospital y que tal como lo había hecho por más de veinte años, iba a pasar la mañana operando. También les notificó, sin que hubieran preguntado por ella, que ya se habían encargado de la joven que los atendió al llegar. M le preguntó qué quería decir con que "se habían encargado de la joven", si la habían despedido o amonestado. La anciana sonrió con condescendencia y aclaró que no le había pasado nada malo a nadie, por el contrario, la nueva empleada estaba en una jornada de inducción obligatoria. Tammie dijo que a ella sí le parecía que debían amonestar a la empleada por haberles hecho perder tiempo. Tolerar este tipo de comportamiento al principio de una carrera podía incentivar vicios incurables. La vieja dijo estar de acuerdo y prometió disciplinar a la empleada nueva. En cuanto al doctor Badur, si ellos así lo deseaban, podía localizarlo de inmediato. M le explicó que quería cancelar una operación. "Eso lo tiene que hacer en admisiones", le informó la anciana y luego agregó con esfuerzo: "Tal vez le cobren una multa. Le pedirán los documentos de admisión, una identificación oficial con fotografía y su tarjeta del seguro. En cuanto al pago, se acepta efectivo. No pague con billetes de cien: no los aceptan porque hay muchos falsos en Miami. También se aceptan cheques y todas las tarjetas de débito y crédito menos Discover. Si desean, vayan adelantándose. Yo me encargo de contactar al doctor".

A pesar de que las indicaciones eran sencillas (tres veces a la derecha y luego seguir los carteles), se volvieron a perder en el camino: demasiadas fuentes de agua y baños públicos; demasiados pacientes dormidos en camillas abandonadas en las esquinas; demasiados cajeros automáticos y máquinas dispensadoras de chucherías que les daban la impresión de caminar en círculos. Tardaron veinte minutos en llegar a la sala de admisiones, que parecía la sala de espera de un aeropuerto, con sus respectivas hileras paralelas de sillas. Aparte de un señor obeso que reposaba su enorme cabeza sobre el hombro de su esposa, una señora muy alta, no había nadie esperando. Al señor le iban a hacer una operación a corazón abierto, les contó la señora alta y al parecer habladora, pero para ingresarlo dependían de una llamada de la aseguradora que habían estado esperando por hora y media. El servicio de la aseguradora era pésimo, al contrario del servicio del hospital, que era excelente. Los habían tratado muy bien: hasta les dieron donas y café gratis, dijo la señora, que no paraba de hablar.

Un empleado risueño recibió a M y Tammie desde una ventanilla. Tammie le explicó que querían cancelar un procedimiento quirúrgico. El empleado le pidió la primera página del documento de admisión, escaneó el código de barras con una pistola láser y después de unos segundos de suspenso los felicitó: tenían suerte, su contrato era abierto y podían cancelar sin pagar multa, pero les recomendaba hablar con el doctor antes de hacerlo: "Badur viene en camino. No tardará. Las cancelaciones sólo se supeditan a las emergencias en el protocolo, de modo que llegará rápido. Por favor, pasen a la sala de conferencias al final del pasillo. Allí podrán hablar en privado. Ahora mismo ordeno donas y café, cortesía de la casa".

Tammie le preguntó a M qué pensaba decirle al doctor. M no estaba seguro. Quizás le explicaría que el proceso había sido demasiado apresurado, que no había tenido tiempo de pensarlo bien y que no quería operarse sin estar seguro. En fin, diría la verdad, que es lo más conveniente en estos casos. Tammie estaba de acuerdo, aunque no veía motivo alguno para dar explicaciones: "Estamos pagando nosotros y no tienes que justificar nada. Dile que no te quieres operar y ya. Si prefieres se lo digo yo. A mí no me da vergüenza poner en su lugar al doctor ese". No pasaron tres minutos cuando apareció el doctor Badur vestido con un traje de cirujano verde claro que contrastaba con su pelo rojo encendido. Los saludó con amabilidad, sobre todo a Tammie, cuya presencia consideraba un verdadero privilegio, y les dijo, antes de que pudieran responder su saludo, que entendía la decisión de cancelar. Sin lugar a dudas tenían razón: "Los pacientes nunca se equivocan. Siempre y cuando sepan lo que quieren". M le explicó que en realidad no estaba seguro de querer cancelar, pero, precisamente, la duda era un motivo para postergar la operación. Tammie lo vio de reojo y estuvo a punto de desautorizarlo, pero se contuvo al escuchar las palabras del doctor Badur:

—La duda es un signo de inteligencia. Para formalizar la cancelación tiene que firmar este documento que me exime de responsabilidades si a usted le sucede algo por no operarse a tiempo y donde también se establece, muy claro, que mi recomendación profesional, basada en años de experiencia y en información científica, es, sin lugar dudas, que hay que operar cuanto antes.

Tammie, alterada, dijo que no era momento para poner presiones de ese tipo. El doctor se disculpó y precisó que su intención no era presionar a nadie. Lo único que hacía era cumplir con su deber: "Como le dije antes, soy de quienes creen que los pacientes siempre tienen la razón, pero mi obligación es darles la mejor recomendación desde el punto de vista científico. Viendo el caso en frío, que es como hay que ver estos casos, es muy probable que si no operamos en las próximas tres horas perdamos la oportunidad de extirpar la verruga sin afectar los órganos del paciente, y entonces tengamos que mutilar, y eso no se lo deseo a nadie, es que ni a mi peor enemigo le deseo una mutilación de esa naturaleza. No sólo por dolorosa, sino por las terribles consecuencias sicológicas. También conviene considerar que el riesgo de la operación es mínimo. Es un procedimiento sencillísimo, más fácil y seguro que sacar una muela".

M y Tammie se vieron las caras y asintieron sin necesidad de discutir, genuinamente persuadidos de que operar era la decisión lógica.

El empleado del departamento de admisiones entró sin anunciarse y puso en la mesa una caja de donas con chispas de colores y dos tazas de café americano. El doctor se despidió explicando que debía operar a otro paciente antes de intervenir a M y les pidió que completaran el proceso de ingreso con el empleado.

—¿Ha seguido las instrucciones del documento preoperatorio? —le preguntó el empleado a M.

—Sí. Estoy en ayunas y me bebí la pócima anoche.

—Fuerte esa pócima, ¿no le parece? —comentó el empleado—. No entiendo por qué Badur insiste en recetarla, con tantas alternativas que existen hoy en día. Siempre está rompiendo las reglas. Con esto no quiero insinuar nada malo. A fin de cuentas es el mejor médico que tenemos en el hospital, o por lo menos tiene esa fama. Lo que pasa es que es muy peculiar en sus métodos y eso a veces nos causa problemas, especialmente con el departamento legal. Cantidad de demandas las que tiene, cantidad... Por favor, sígame. ¡Ah!, y es importante que el paciente no toque ni las donas ni el café. Si come, corre el riesgo de vomitar o evacuar en plena operación y eso podría causar una infección irreversible.

El empleado empujó una puerta en la parte trasera de la sala de conferencias que parecía una salida de emergencia y que ni M ni Tammie habían visto antes. Sentó a M en una silla de ruedas y los llevó a una habitación mínima, donde apenas había espacio para la silla de ruedas y dos personas paradas y que, sin embargo, albergaba una camilla enorme, del tamaño de dos camas king juntas. Le pidió a M que se desnudara y se pusiera una bata de papel que estaba doblada al pie de la enorme camilla. La bata tenía un hueco en la parte de las nalgas. Una enfermera tuvo que sacar la silla de ruedas para poder entrar y medirle los signos vitales a M, antes de darle una pastilla anaranjada que parecía una esfera miniatura. La cirugía comenzaría en cuarenta minutos y Tammie debía retirarse a la sala de espera.

Tammie se despidió de M con un beso en la frente. Como estaba muerta de hambre (se había negado a probar las donas que le habían ofrecido), se fue a comprar algo sano de comer en la tienda a la entrada del hospital. Allí aprovechó para preguntar dónde quedaba la sala de espera. No quería volver a perderse. Se alivió al enterarse de que estaba cerca, a un lado del nacimiento animado. Devoró un yogur parada, contemplando el nacimiento y comparándolo con una de las atracciones más viejas de Disney World, "El pequeño mundo". Le pareció que los muñecos ocultaban secretos tristes y se imaginó que el San José era un hombre disecado.

En la sala de espera, al contrario que en la sala de admisiones, esperaban docenas de personas. Algunas se veían angustiadísimas. Una vieja rezaba un rosario en una esquina con la mirada fija en el piso. La misma señora alta que conocieron en la sala de admisiones reposaba con la cabeza metida entre las piernas, como una cigüeña aterrorizada. Tammie se acomodó en una silla vacía frente a un televisor, pero se dio cuenta de que no sabía cuánto se tardaría la operación. Quizás tenía suficiente tiempo para ir a casa a descansar un rato. Un hospital no es el mejor lugar para una mujer en estado, entre otras cosas por el peligro de ser atacada por una súper bacteria resistente a los antibióticos típica de los hospitales modernos. Entonces se levantó a preguntar cuánto se iba a tardar la operación, pero se topó de frente con Luigi y su suegra, la señora Gloria, que lloraba a moco tendido. Por unos segundos Tammie pensó que venían a visitar a M, pero el llanto de la señora Gloria auguraba otro motivo. Acababan de internar a Rina de emergencia. Le habían venido contracciones prematuras muy fuertes seguidas de una hemorragia. Tuvieron que correr al hospital. No sabían qué tenía exactamente, pero no se veía nada bien. Al parecer, en el camino Rina decía cosas sin sentido sobre un perro y una cuerda, como los disparates que dijo el día en que se desmayó en la playa. La situación era preocupante. Rina tenía menos de treinta y tres semanas de embarazo y había perdido mucha sangre. Temían un desenlace trágico. Justo en ese momento, Tammie sintió por primera vez el movimiento del bebé dentro de su barriga.

Sorprendida por el portento, estuvo a punto de celebrar la experiencia con Luigi y la señora Gloria, pero ante la angustia de sus amigos, optó más bien por cogerse el vientre con las dos manos, cerrar los ojos y pedirle en silencio al San José del nacimiento animado que la protegiera.

20

La exigencia de Belkis
Londres 2013

M y Martín esperan a Belkis echados en un sofá de cuero blanco en la recepción del hotel. Martín ordena un capuchino con mucha espuma para él y un cortado con "una lágrima" de leche para M.

—¿Cómo sabes que a mí me gusta el café así? —pregunta M sorprendido.

—No tengo la menor idea, pero siempre acierto con vos. Por cierto, me preocupa mucho que estés peleado con la Tammie. No sé si estás subestimando el quilombo en que estás metido. ¿Vos te has dado cuenta de que la Tammie no te va a perdonar nunca?

—¿Y cómo sabes tú eso? ¿Cómo sabes el nombre de mi esposa?

—Dejá la paranoia que no estamos en un thriller. Esta es la vida real, no un sueño. Si querés te pellizco. Con vos funciono instintivamente, pero tenés razón, lo admito, eso de saber que te habías peleado con tu esposa sin saberlo no me lo creo ni yo mismo. La Claudia me contó anoche. Es un mar de transparencia la Claudia. Lo cuenta todo. Y se ve fácil también, aunque sus carnes me inspiran poco. Es muy delgada para mi gusto. Pero eso es irrelevante, lo importante es que sepas que siempre podés contar conmigo. Para lo que sea. Contá conmigo.

—Muchas gracias, Martín.

—De nada, de nada. Y hablando de amistad, te debo confesar que tus amigos me parecen un poco raros, y eso que yo he visto cosas raras en este mundo. Anoche la Claudia y la Cordelia se tranzaban en la platea frente al Eddie como si nada; el pobre parecía un perro faldero abandonado y triste, con el rabo entre las piernas. Y el Sebas de bailanta. Lo pienso y no puedo concebirlo: el marido babea, el hijo baila y la madre se franelea con otra mina. Nunca había visto algo así. Tenés que admitirlo: Tus amigos son unos babosos. Están desesperados. Son capaces de hacer lo que sea por unos peniques. Me lo han dicho directamente usando esas mismas palabras: "Martín, yo estoy a tus órdenes para lo que sea". Es lo primero que dicen. Yo, por supuesto, no les he pedido nada y sólo me he fijado en sus credenciales profesionales para contratarlos. En fin, ¿quién soy yo para juzgar? Me estoy bañando en las mismas aguas percudidas que ellos, y eso que había jurado no tener jefe más nunca en mi vida. Que conste. Si hago esto es por vos, porque sé que me necesitás, y por la guita. Un poco más por la guita que por vos. La oferta de Míster Gamble fue irresistible.

—¿Cuánto te está pagando?

—Lo suficiente para mamarme a los pelotudos de tus amigos. Si algo ha sido Míster Gamble es generoso. Me dijo que estaba dispuesto a gastar el dinero que fuese necesario para la producción y que si nos quejábamos por falta de recursos nos despescuezaba. Imaginá que al Sebas y a la Tadea les aprobó cien mil libras por delante. Cincuenta mil libras y sus respectivos peniques a cada uno. Eso es más guita de lo que van a ver en toda su vida los pibes. Según lo que he averiguado, hacer una porno cuesta más o menos eso, incluyendo equipos, talento, posproducción, el paquete completo. Cien mil libras es todo lo que necesitás para hacerlo todo. Míster Gamble fue quien insistió en que había que pagarles esa cantidad: "En el esquema de las cosas —me dijo el viejo—, cincuenta mil libras es muy poco para lo que les vamos a sacar, y si es lo que pidieron, pues entonces es lo que se merecen"... ¿Vos confiás en ellos? Yo no. Negociaron con saña. Hasta contrato tenían listo. Me parece sospechosísimo que tuvieran un contrato listo en cuestión de horas. Como si se lo estuvieran esperando. Y te garantizo que no eran los padres quienes estaban detrás, porque el contrato de los padres lo hicimos por una minga. ¡Imaginá que lo redacté yo mismo!

—Claro que confío en Sebastián. Además, con su familia metida en el proyecto no va a inventar ninguna locura. Pero explícame una cosa, ¿cómo hiciste para conseguir un estudio así de rápido? Le das al eficiente tú.

—No le doy al eficiente. Soy eficiente y con mucho orgullo. La eficiencia es una virtud fundamental del hombre equilibrado del siglo XXI. El set está listo. Como escuchás... listo, no hay que hacer nada. Lo que hice fue replicar el ambiente del video de Sebas. Es que no tenía más referencias, así que tuve que trabajar con lo que tenía. Espero que no te moleste. La buena noticia es que todo estaba disponible. Hasta las bragas de la Tadea estaban disponibles. Aquí las traigo en el bolsillo. Míster Gamble me las pidió para olerlas. Así como oís, para olerlas. Mirá. Tiene razón Míster Gamble, huelen rico. ¿Querés? Probá. Sin pena. Una esnifada y verás lo bien que huelen... El Gastón y el Colin produjeron el primer video en el piso de ellos. Un sitio asqueroso. Filmaron allí mismo el video original por nada. Ni mil libras les costó. Usaron dos cámaras Mini DV, que parece que es un formato obsoleto, pero me dicen que así hacen: prenden dos cámaras baratas y a tranzar. Lo difícil es que no se crucen las imágenes, de eso se trata la cosa, pero el par ese se conoce bien. Lo mandé a traer todo: la cama de metal, el póster de David Beckham en calzoncillos, la lámpara de plumas negras. ¡Qué bueno que está el video original! La Tadea está de rechupete y el Sebas está mejor armado de lo que aparenta. ¡Un sable de curva perfecta trae el pibe!

—¿Y con qué equipo vamos a filmar? ¿Quiénes se van a ocupar de lo técnico? Mira que yo no tengo ni idea de esas cosas.

—¿Vos no escuchás? No tenés que preocuparte de nada. Prestá atención: el Colin y el Gastón se encargan de la cámara. Fueron los que hicieron el original. Y cobran una minga. Vos no tenés que hacer nada sino dirigir. ¿Entendés? ¿O te tengo que chupar el aura? Otra cosa importante: ¿Alguien te ha hablado de la rueda de prensa? Seguro nadie te ha dicho. Qué desordenados que son en la compañía. Es lo que más le importa a Míster Gamble, la bendita rueda de prensa.

Belkis los interrumpe con un carraspeo, se disculpa por la tardanza y le hace una reverencia a M: "No sé cómo lo lograste, pero te robaste el corazón de Míster Gamble. Es más, nos robaste el corazón a todos. *Very impressive.* Te felicito".

Rafal recibe al trío en el Mercedes negro con una sonrisa que se le desborda del cuerpo. Belkis se queja de no haber podido dormir de tanto trabajo. La agencia le dio toneladas de material que tuvo que estudiar de cabo a rabo. Estupenda la agencia, al contrario de la de Miami que es una vergüenza de lo mala. En cuestión de horas prepararon los documentos más completos que Belkis ha visto en su vida. La agencia inglesa es cara, pero vale cada libra que se le paga. Quiere ensayar los mensajes clave con M antes de la rueda de prensa, refrescarle las técnicas para responder preguntas difíciles. Pueden reunirse en cualquier momento del día. No quiere desconcentrarlo del trabajo importante, que es la producción. La agencia le asegura que el anuncio generará mucho interés, no sólo entre los medios de negocios sino entre la prensa de entretenimiento. Esperan congregar como mínimo cuatro canales de televisión de noticias internacionales, incluyendo la BBC, Bloomberg y CNN. Lo importante es que bajo ninguna circunstancia M puede perder de vista su objetivo en las entrevistas: convencer a inversionistas de que la compañía tiene un plan de diversificación audaz y, antes que nada, lucrativo. Los periodistas van a querer concentrarse en lo anecdótico y lo escandaloso. Lo más seguro es que pregunten por el tipo de películas que piensan hacer, el perfil de los actores, los costos de producción, las condiciones sanitarias, el historial de las estrellas y que se enfoquen en asuntos banales pero polémicos, como el tamaño del miembro de los actores, o si piensan usar o no preservativos, asuntos sin importancia pero que venden periódicos. M debe recordar que una rueda de prensa no es un examen y que su función no es responder preguntas sino comunicar sus dos mensajes clave, a saber:

Mensaje 1: La compañía se está diversificando en un área sumamente lucrativa. El mercado global de los videos para adultos está valorado en treintainueve mil millones de dólares anuales, según los cálculos más conservadores, y ha mantenido un crecimiento anual constante de más de veinte por ciento. "Crecimiento constante" son las palabras claves.

Mensaje 2: La compañía va a profesionalizar una industria que se caracteriza por la improvisación y los esfuerzos individuales.

Nuestros procesos y controles internos transformarán el mercado con la introducción de nuevos estándares. Estamos destinados a reinventar la industria, como hemos reinventado las industrias de los cultivos biodinámicos y los servicios médicos. "Transformación y profesionalización" son las palabras claves.

"En cuanto a los problemas potenciales, pueden preguntar sobre la experiencia de la compañía en el ramo, que es nula, y también sobre el carácter ético del proyecto, que hay que admitir es dudoso. Lo de la experiencia es fácil de responder. Basta con poner el ejemplo de cualquier conglomerado exitoso, compañías que producen un teléfono inteligente con la misma eficiencia con que venden una póliza de seguro. Sobran los ejemplos: General Electric, Mitsubishi, Samsung, pare usted de contar: En esta tabla tienes una lista de las subsidiarias con sus ingresos anuales en miles de millones, por si te preguntan. Si no sabes alguna respuesta, no te preocupes. Diles que vas a averiguar la información y que se las vas a responder más tarde. En cuanto al carácter ético del proyecto, habría que hablar de nuestros controles internos y recordarles a los periodistas que estamos en el siglo XXI y, sobre todo, que somos adultos y como tales estamos en capacidad de decidir qué hacer con nuestros cuerpos nosotros mismos… Tengo que confesar que estoy muy orgullosa de ti. Siempre supe que tenías madera de líder, pero nunca imaginé que ibas a ser la persona que iba a transformar la compañía. Eres un visionario. Pensar que yo te veía pequeñito, insignificante. Te veía y decía "pobre tonto, es un ingenuo, no se da cuenta de nada" y mira dónde terminaste. Por cierto, he estado pensando mucho en este proyecto y creo que hay una oportunidad de oro por desarrollar: la del género del sexo en la oficina, que tiene un potencial enorme. Los videos de empleados cogiendo en la oficina son muy populares. Según la investigación de la agencia, generan millones de visitas únicas. Tenemos todos los elementos para montar una operación con niveles de inversión risibles. Podríamos grabar en nuestras oficinas y hasta ofrecerles oportunidades de crecimiento a los empleados que tengan vocación artística. La gente se la pasa quejándose por falta de oportunidades de crecimiento —a veces con razón, hay que admitirlo—, pero ¿quién sabe?, esto podría cambiar la vida de muchos, a lo mejor hasta damos pie a historias de amor verdaderas. Sería bellísimo. Me dirás ingenua, pero a mí eso me hace mucha ilusión. No tengo dudas de que entrarle al género de sexo de oficina sería una win-win situation. Eso sí, si decides hacerlo te pido, mentira, te exijo, que me pongas a la cabeza del proyecto y aquí tengo a Martín de testigo".

21

**Cirugía
Miami, 2004**

La semana treinta de su embarazo, Rina comenzó a padecer síntomas preocupantes: cansancio prolongado, dificultad al respirar, hinchazón en los tobillos, ataques de sudor frío y unas pesadillas recurrentes con perros defecando que la despertaban en medio de la noche. El doctor Cohen le prescribió una serie de exámenes para los cuales tuvo que pasar un día entero en el Belén, donde la pincharon el vientre, y le hicieron un monitoreo de la actividad cerebral. No le encontraron nada, tan solo le ordenaron descansar, visitar a un psicólogo y evitar situaciones estresantes.

Aunque Rina siguió al pie de la letra las órdenes del doctor, su salud se siguió deteriorando. La semana treinta y uno la arremetieron unas migrañas fulminantes que le hacían sentir como si su cabeza fuera un melón caliente a punto de reventar y que sólo se calmaban cuando se acostaba a reposar boca arriba a oscuras. Si no fuera por la programación de la televisión, que a veces podía ver entre migraña y migraña, hubiera perdido el sentido del tiempo. Su madre y Luigi hicieron lo posible por consentirla. Le llevaron películas, revistas y antojos imaginarios, porque Rina se sentía tan mal que no tenía antojos. La semana treinta y dos, el doctor Cohen volvió a prescribir una sesión de exámenes en el Belén, pero tampoco se le detectó nada. Ni siquiera se pudo avanzar en la evaluación psicológica, porque los dolores de cabeza le impedían mantener una conversación coherente por más de cinco minutos. El primer día de la semana treinta y tres, y a pesar de que Rina había seguido una dieta estricta, la atacaron unas ganas incontrolables de ir al baño, como si estuviera a punto de explotar, con el inconveniente de que venían acompañadas de un estreñimiento pertinaz. Cada quince minutos le sobrevenían unos jalones involuntarios, que comenzaban en los muslos y le subían hasta la barriga, acompañados de un ruido como de grillos cantando. Rina levantaba su humanidad y se sentaba a pujar en el baño pero al final sentía que había algo que la bloqueaba, como un caño tapado sujeto a una presión enorme.

Esta vez, el doctor Cohen no la pudo atender porque estaba con su familia de paseo en Epcot Center. Después de mucho tratar, Luigi logró localizarlo en su celular, pero lo único que el doctor se atrevió a hacer sin examinar a Rina en persona fue recomendar que se bebiera un litro de jugo de ciruela y que se presentara al Belén a la mañana siguiente para una tercera sesión de exámenes.

Pasada la media noche, Luigi volvió a llamar al doctor para notificarle que no aguantaban más y que estaban saliendo a la sala de emergencias. El doctor le advirtió que se estaba comportando irracionalmente, y que en lugar de preocuparse por pequeñeces, Rina debía descansar y esperar los resultados de los nuevos exámenes. Cuando la señora Gloria se enteró de la respuesta del doctor, se molestó con su hija y le exigió que se comportara como una mujer de verdad y dejara la lloradera. Si se quejaba así por un simple estreñimiento, de ninguna manera iba a aguantar el dolor del parto, uno de los dolores más grandes que un ser humano pueda experimentar, cosa que le constaba a ella. Rina pasó la noche en vela entre el baño y la cama. Se sentía tan mal que no podía llorar.

A la mañana siguiente la señora Gloria comenzó a dudar de las instrucciones del doctor. Su hija se veía demacrada, tenía unas ojeras que parecían dibujadas con marcador negro y apenas si podía abrir los ojos. Era evidente que había que llevarla al hospital de urgencia, pero en ese momento Luigi dormía como un tronco y la señora Gloria no se atrevió a levantarlo. A eso de las nueve de la mañana, Rina se sentó en el inodoro y se puso a pujar otra vez cuando sintió que, en efecto, estaba saliendo algo: una mata de pelo grasosa que se asomaba entre sus labios vaginales.

Desde la primera contracción (ya no cabía dudas de que lo que tenía eran contracciones), Rina había presentido que estaba pariendo, pero no se había atrevido a decirlo por los regaños del doctor. En situaciones así no hay que escuchar a nadie sino hacerle caso al instinto, se dijo Rina. Había arriesgado la vida de sus cachorras por no confiar en sus propios instintos. "Mala madre", murmuró, sin que se entendiera si hablaba de ella misma o de la señora Gloria. Entonces la mata de pelo se volvió a meter dentro de su cuerpo y le reventó una vena causando una hemorragia que manchó varias toallas, la camisa de Luigi, que se acababa de despertar, y luego la tapicería del carro, porque optaron por conducir a la emergencia ellos mismos, en lugar de perder más tiempo esperando a una ambulancia.

En el camino, Rina sintió un deseo inútil de detener el tiempo. Tenía la certeza de que ya había perdido a las mellizas y, sin embargo, lo primero que hizo al entrar al Belén fue dejar en claro que bajo ninguna circunstancia iba a permitir procedimiento alguno que las pusiera en peligro y que no firmaría nada, si no le garantizaban que le darían prioridad a la salud de las niñas sobre su vida de ser preciso. Una enfermera le aseguró que así lo harían y trató de convencerla de que se tomara un tranquilizante diminuto de color anaranjado, pero Rina se negó de plano.

En el quirófano, Rina hizo lo posible por mantenerse consciente: contó hasta mil, rezó en voz baja, trató de pensar en algo agradable como un campo florido, pero el dolor y el cansancio pudieron más que su voluntad y la terminaron tumbando. Luigi, que tenía el control legal sobre las decisiones médicas concernientes a su esposa, autorizó la operación sin pestañear y dejó en claro que, al contrario de lo que Rina había pedido, la prioridad era la vida de la madre.

*

Cuando lo inauguraron, el Belén fue celebrado por propios y extraños como el hospital con la tecnología más avanzada del mundo, pero, inexplicablemente, tenía una sala de cuidados preoperatorios anticuada, diseñada bajo parámetros obsoletos, insólitos para un hospital moderno. Se trataba de una enorme cámara con docenas de camillas apiñadas, apenas separadas por cortinas plásticas y comunicadas por pasillos estrechísimos, como los hospitales antiguos. Los fundadores se negaron por años a rediseñar el espacio, y no fue hasta que el hospital fue adquirido por la compañía que se invirtieron millones de dólares en su remodelación. Los trabajos comenzaron con el desmantelamiento parcial y progresivo de la sala para no interrumpir la actividad laboral, pero el personal, habituado como estaba a maniobrar en un espacio que, precisamente por ser intrincado, se había tenido que memorizar al pelo, comenzó a tropezarse y a cometer errores cada vez más graves. De hecho, se llegó al punto de confundir el tratamiento de dos pacientes que demandaron y obligaron a tomar medidas preventivas como la inclusión de una lista de deberes de los pacientes en los contratos de admisión y el suministro obligatorio de un tranquilizante desarrollado por la compañía y comercializado bajo el nombre Valtrex, pero mejor conocido como mandarina por su color naranja y su forma esférica. Además de aliviar el dolor, la mandarina tenía la propiedad de modificar los recuerdos y, por tanto, reducir el impacto psicológico de los tratamientos. M, que no había desayunado ese día, sintió los efectos de la mandarina como un mazazo y cayó en un delirio consciente que, en lugar de nublarle los sentidos, se los afinó de tal manera que nunca ha sabido si sus memorias son reales o alucinadas, porque es difícil aceptar que recuerdos así de claros puedan haber sido inducidos: El tacto quebradizo de la bata de papel. El frío erizándole la piel y metiéndose en los huesos. La enfermera de pelo alambrado y canoso que le lavó el vientre con una esponja mojada y le cantó una canción de cuna en creole con voz amelocotonada. El enfermero de rostro lunar que, en la camilla a la derecha de M, le afeitó el cuerpo entero, pestañas incluidas, al mismo gordo de cabeza enorme que M se encontró cuando llegó a la sala de admisiones. El llanto adulto, grave, profundo, del cabezón. Y del otro lado, a la izquierda de M, la imagen repentina de Rina; mansa, entregada, feliz.

Rina acostada como si estuviera tomando sol en South Beach. Las ganas de M de hablarle, de preguntarle a su amiga qué hacía allí, y su incapacidad de articular palabra, como si su cerebro estuviera desconectado de su cuerpo. El momento en que los dejaron solos: M, Rina y el señor cabeza, íngrimos y helados en el quirófano. La imponente entrada del doctor Badur, que parecía un gran señor con su traje verde claro de cirujano y sus pestañas rojas. La pareja de perritos cobrizos que seguía al doctor; parecían unos zorros encogidos y amaestrados. La naturalidad con que los perritos se enroscaron sobre ellos mismos y formaron una masa peluda, una suerte de torso vivo sin pies ni cabeza que respiraba a los pies de su amo. La seguridad con que el doctor se puso los guantes de látex y cogió un bisturí inmaculado. El pulso inquebrantable con que marcó un óvalo sobre el esófago del cabezón, destapando un corazón rojinegro que palpitaba como reloj cansado. El círculo perfecto que dibujó sobre el vientre de Rina, y la destreza con que le alzó la piel de un lado, como si fuera un mantelito que cubría dos cabecitas peludas. El toque magistral con que le abrió un huequito diminuto a M en el glande, un puntito rojo que parecía dibujado con un marcador de punta fina. La gracia con que comenzó a operar, como un mago que sacaba y metía ingredientes exquisitos de sus tres cuerpos: hilos largos y negros, algodones húmedos, y unas piedritas blancas y ásperas de olor dulce que parecían terrones de azúcar. El momento sublime en que, tras un silencio sobrecogedor, el doctor cogió una pinza con la mano derecha y, con sumo cuidado, desprendió la hojita del pene de M. El enorme esfuerzo con que arrancó una ramita seca y espinuda del pecho del cabezón usando sus propias manos. El afán con que machacó la hojita, la rama y las piedritas blancas en un molinito verde de mármol, hasta formar un polvo verde y pastoso que salpicó en partes iguales sobre el vientre de Rina, el corazón del cabezón y el pene de M. Y sobre todas las cosas, el calibre de erección que le provocó el polvo verde a M, la manera asombrosa en que se le templó el miembro, impulsado por una fuerza que le manaba desde las plantas de los pies y corría hasta su glande inflamado, jalándole el cuerpo entero hacia un mundo mejor.

Así de claros son sus recuerdos, y así de delirantes y confusos. Con el tiempo, M aprendió a ignorarlos, como un secreto que se evita por temor al ridículo, porque nunca nadie le ha creído y nunca nadie le podrá creer. Tammie fue la primera en dudar de él. Se burló de su testimonio desde el principio: los perritos enroscados a los pies del doctor en pleno quirófano, la operación triple sin testigos ni enfermeras, el doctor sacando ramas y hojas de los cuerpos de los pacientes, y el inusitado calibre de su erección, tan grande que parecía sacarlo de su propio cuerpo. De hecho, le hizo jurar a M que nunca le contaría aquel disparate a nadie, si no quería terminar encerrado en un manicomio. Para completar Rina también lo contradijo terminantemente. Según ella, nunca se encontraron en el hospital y era imposible que la hubiera visto tranquila, porque al contrario que él, ella sí tuvo la valentía de rehusar la mandarina y exigirle al doctor en pleno quirófano que bajo ninguna circunstancia les hiciera daño a las mellizas, y si no se pudo hacer nada por ellas fue porque, de cualquier manera, ya todo estaba perdido.

22

**La cata de los almizcles
Londres, 2013**

La amplitud del galpón sólo se puede percibir en su totalidad si se ve directo al techo. El piso está separado por paneles negros y polvorientos que dividen el espacio en módulos. En las esquinas hay vestigios de producciones anteriores: rollos de cable naranja como serpientes dormidas; un pódium abandonado, un bate de aluminio y un uniforme de cátcher de baseball; objetos desordenados que contrastan con la claridad de un set de grabación impecable ubicado en el centro del edificio, e iluminado por una luz de tal intensidad que parece desinfectar todo lo que toca.

Luigi le entrega una carpeta a M con fotografías de la habitación en la que se inspiraron para construir el set: "Si te preguntas cómo hicimos para copiarla con tanta exactitud, la respuesta es que no la copiamos, sino que la mudamos. Como los millonarios que compran castillos medievales en Europa y los reconstruyen bloque a bloque en los Estados Unidos. Tócalo. Pruébalo si quieres. Es impresionante. Se siente uno metido en el apartamento".

M contempla el set. Tiene la sensación de que se lo arrancaron de la memoria. Se sienta en una esquina del colchón. Pide que bajen la intensidad de la luz. Le pasa la mano al metal negro de la cama como si estuviera leyendo un poema en Braille. La nitidez del papel tapiz le da un aura irreal a la pared. Sólo faltan los actores. La certidumbre de que los va a encontrar a su merced absoluta le causa una emoción aguda que se expande como un gas frío en su cabeza. Pregunta por ellos. Martín señala una puerta negra con una estrella roja que parece de juguete.

El camerino tiene seis sillas de peluquería y un espejo infinito al fondo. Sebas y Tadea están sentados en las sillas centrales. Visten batas blancas de paño grueso. La maquilladora, una veterana de la industria, los bombardea con una retahíla de consejos esenciales para sobrevivir en el medio, a saber: siempre es mejor preguntar que callar; hay que saber escoger a los amigos; la mejor pelea es la que no se tiene; la prudencia es la madre de todas las virtudes, y sobre todas las cosas, deben seguir dos reglas de oro que les asegurarán el éxito y la felicidad: la primera, siempre ser sinceros con ellos mismos, y la segunda, siempre comer una banana bañada en miel antes de trabajar: es sabido que la banana y la miel cuentan con la carga proteínica suficiente para sobrevivir un día entero y con cantidades generosas de potasio en su forma natural, elemento esencial para evitar calambres, que pueden ser un azote en las grabaciones: "En fin, hay que saber divertirse y dejar los problemas a los demás. Ustedes tienen la suerte de trabajar con el mejor equipo de producción al que se pueda aspirar en la industria, bajo la supervisión del señor Martín, que ha tenido la amabilidad de venir a visitarnos acompañado por el señor...".

"El señor M"... –completa Martín–... "director del proyecto y, por tanto, mi jefe y el de todos quienes hoy nos encontramos bajo este acogedor techo". La maquilladora le pide a Tadea con una palmada que se quite la bata y le haga "una demostración" al señor director. Tadea se le planta frente con su incólume, prístina piel marmolada, y esa línea delgada de pubis naranja tantas veces visto, medido, escrutado por M, y lo embiste con un beso-saludo, como si se lo hubiera encontrado en la calle. M traga saliva en un esfuerzo por mantener la compostura, e iluminado por un golpe de inspiración, le pide a Tadea que por favor se dé la vuelta y le muestre la espalda, las nalgas duras sin esfuerzo, y que se incline hacia adelante, un poquito nomás, y que por favor abra las piernas en V. "Así, perfecto, qué maravilla". La maquilladora elogia el pubis de la actriz: "Es natural, de un rojo que muchas mataríamos por tener", afirma con orgullo, y agrega: "Al talento fresco es mejor no tocarlo. Como al pescado fresco: basta con una pizca de sal antes de asarlo". M felicita a la maquilladora por su trabajo y su sabiduría y se disculpa por hacer una pregunta que quizás no venga al caso, pero que no puede evitar hacer: cree recordar que la joven tenía dos verrugas en el torso que parecían unos pezones diminutos. La maquilladora, orgullosa, le hace notar que las tapó con pegatinas color piel. M le ordena que se las quite y que se asegure de que vista bragas al entrar al set de grabación, de ser posible rosadas. Martín se saca las bragas del video original del bolsillo: "Mejor si usan estas, pero es importante que me las devuelvan cuando terminen para regalárselas a Míster Gamble de recuerdo. ¿De acuerdo?".

Sebas pregunta si también tiene que posar. M asiente. Sebas se planta al lado de Tadea y parodia la coreografía de su novia, arrancando con un beso brusco en la mejilla de M y rematando con una pelada de culo y un lamento por "no contar con la fuerza necesaria para reventar un pedo en ese preciso instante". M se pregunta cómo pudo haberse confundido a sí mismo con semejante insolente. Son tan distintos que en realidad podrían considerarse opuestos. Le advierte a Sebas que si vuelve a hacer otra estupidez lo despide. Si no lo ha hecho antes es por sus padres, por la amistad que los une. Sebas agacha la cabeza. M interpreta el gesto como una victoria, le pide a Eddie y Claudia que "domestiquen a su bestia" y se da la vuelta sin dar explicaciones, con la intención de dejarlos en suspenso y reafirmar su autoridad, pero se tropieza con Belkis, que le anuncia entusiasmada que Míster Gamble acaba de llegar y viene en camino a conocer a las estrellas en persona.

M se da la vuelta y se percata de que Sebas y Tadea están conversando desnudos con tranquilidad

266

de indio en la aldea. Les pide que se vuelvan a poner sus batas y regresen a sus sillas. Cuando llegue Míster Gamble deben repetir la demostración que le hicieron a él, "pero sin poner la cómica: cero peladas de culo, cero alusiones a pedos, cero insultos. El que no me haga caso está botado. ¿Queda claro?". El teléfono celular de M repica justo cuando entra Míster Gamble. M presiente que es una llamada de Tammie y se angustia por no poder responder, pero se alivia al cerciorarse de que se trata de un número local. Pone el teléfono en modo silente, se lo mete en el bolsillo y le da la bienvenida a Míster Gamble, que dice tener la certeza de estar a punto de vivir "un momento histórico" y que pocas cosas lo emocionan tanto como "hacer historia", y que necesita confesar un capricho que desea satisfacer cuanto antes, un antojo, una pequeña espina que desea sacarse, para lo cual necesita quedarse a solas con el talento y el señor M, si no es molestia.

La maquilladora se esfuma sin decir palabra. Apenas cierra la puerta del camerino, Míster Gamble se planta frente al espejo infinito y se pone a jugar: mueve los brazos de arriba abajo emulando un pájaro, brinca con espontaneidad infantil y les pide a los presentes que se paren detrás de él y lo copien en todo lo que haga. Sebas y Tadea deben hacerlo desnudos. M se puede quedar vestido. El grupo obedece y repite las muecas y piruetas que hace Míster Gamble frente al espejo infinito, incluyendo contorsiones como de breakdance, pero mal hechas, dada la edad y tiesura del bailarín. Al cabo de dos largos minutos, Míster Gamble, extenuado, se echa en una de las sillas del camerino, alaba "la energía que exudan nuestros formidables cuerpos", se bebe una botella de agua mineral de una sentada y vuelve a hablar del momento histórico que están a punto de vivir. No tiene la menor duda de que la película será un éxito sin precedentes. A partir de hoy pueden contar con su protección. Les abrirá las puertas de sitios que nunca imaginaron, jardines donde los árboles siempre dan frutas y las flores son de colores que nunca han visto; una región de lagos transparentes, rebosantes de peces comestibles que lo llenan a uno de brío, con cerros de felicidad, desde cuyas cumbres se divisa un valle encantado y un cielo eternamente azul. Vivirán experiencias sublimes, más intensas que las que jamás han podido soñar. Lo único que les pide a cambio es lealtad absoluta e incuestionable. Y ya descansado y en un tono cariñoso, les pide a M y a Sebas que se acerquen y se sienten a su lado; M a su izquierda, Sebas a su derecha, y a Tadea que por favor se quede allí, justo frente a él, así, como Dios la trajo al mundo, y que abra las piernas y proceda a frotarse hasta mojarse bien. Una vez mojada, se debe introducir el dedo pequeño de la mano derecha con delicadeza. Los detalles son importantes, ha de usar precisamente el dedito de la mano derecha y ha de hacerlo con delicadeza. Puede tomarse todo el tiempo que necesite. A Sebas le pide que por procure una erección en la silla a su derecha lo más rápido que pueda, y a M que se quede quieto a su izquierda. Al menor movimiento, lo aniquila. M se da cuenta de que Tadea y Sebas están acostumbrados a satisfacer este tipo de pedidos, por la naturalidad con que siguen las instrucciones y la facilidad con que Tadea se moja, como si estuviera excitada de verdad, y la velocidad insólita con que Sebas tiempla su miembro. Míster Gamble elogia la belleza de Tadea y la calidad de erección de Sebas, que compara con una daga turca por su forma curva y dice que ahora que los conoce un poco más, siente la confianza necesaria para confesar el verdadero capricho que lo ha traído a los camerinos: el antojo, el deseo, la necesidad que tiene es la de olfatearlos. No deben preocuparse, no quiere abusar de ellos. Lo que quiere hacer es una tontería: catar sus almizcles. Lo único que les pide es que le dejen pegar su nariz en sus comisuras.

Los chicos asienten con gusto. Dicen que no es nada. Míster Gamble decide comenzar con Sebas y le pide que suba la pierna derecha a la barra del camerino mientras él mete la cabeza. Una vez en contacto con las entrepiernas, Míster Gamble aspira profundamente y comienza a debatirse en voz baja entre dos especias: cardamomo y clavo. No está seguro. Es difícil decirlo. Parece cardamomo. Todavía dubitativo, despega la nariz, coge otra botella de agua mineral del mostrador, se pasa un trago de agua por los cachetes, escupe al suelo, se seca con una de las batas de los chicos y vuelve a meter la nariz en las entrepiernas de Sebas, en contacto directo con su piel a punto de sudar; cierra los ojos, aspira lento y confirma que el aroma es, sin lugar a dudas, a cardamomo.

Le toca el turno a Tadea, que sube la pierna derecha en la barra con habilidad de gimnasta. Míster Gamble la felicita por mantenerse mojada y esta vez identifica el aroma al primer intento: su almizcle es muy diferente del de Sebas y mucho más fuerte, podría decir que de calidad superior, si la calidad no fuese cuestión de gusto. El de Tadea es un aroma a bosques de pino, agreste y profundo, bastante singular, por cierto. Satisfecho, risueño, Míster Gamble se sienta de nuevo y le advierte a M que no se ha salvado, también quiere olfatearlo, dice antes de soltar una carcajada y aclarar que en su caso no le piensa oler las comisuras sino la cabeza "por respeto a Cefas". M se acerca y agacha la cabeza. Míster Gamble mete la nariz en el cráneo, aspira profundo y dice extasiado: "Oro, incienso y mirra. Hijo mío, tienes los tres almizcles nobles. Dios guarde y favorezca esta semilla de vida. Tenemos que celebrar. Te tengo preparado un homenaje. Nada simple, por cierto. Es una ceremonia para celebrar tu nueva vida. Un pequeño holocausto en tu honor. Ven, sígueme. ¿Estás listo para reclamar tu recompensa? Cefas, el que sacia los apetitos y consume los placeres, está en deuda contigo. Su generosidad es como un mar de azúcar refinada. Te va a procurar un éxtasis perpetuo. Lo único que tienes que hacer es aceptar su regalo, tomar lo que es tuyo, porque gracias a ti quedó resplandeciente, con la piel suavecita, como pasada por cloro de lo blanca".

Míster Gamble atenaza a M con su enorme mano derecha, como si quisiera asegurarse de que no se escape y lo lleva al set de grabación. Belkis se atreve a especular que el gesto de Míster Gamble es una manera de decir que M es su nuevo delfín. Marcelo y Luigi asienten y Gastón, que escucha desde atrás sin entender, le pregunta qué quiere decir eso de "delfín". Belkis, que no conoce a Gastón, le pide que se identifique. Colin se acerca, le explica a Belkis que son los camarógrafos de la producción y pide disculpas por la insolencia de su amigo: "Es muy ignorante y feo, pero en el fondo es buena gente, como Cuasimodo". Belkis se fija en los bíceps del camarógrafo irlandés y le da la razón con una sonrisa.

Los empleados forman un círculo alrededor de Míster Gamble y M con una naturalidad sospechosa, dado que nadie les ha pedido que lo hagan. Sebas está desnudo y Tadea sólo tiene puestas las bragas rosadas, pero quizás porque su estado es de esperarse en una empresa de esta naturaleza, su desnudez no parece importarle a nadie con la excepción de Gastón, que no puede dejar de escrutar el pene de Sebas y falla en su esfuerzo por contener su risa de cabra.

Míster Gamble le da la bienvenida al equipo de producción en nombre de la compañía y les pide que cierren los ojos y se imaginen una noche oscura y silenciosa: "como si no hubiera más nada en el mundo sino esa noche, y ustedes estuvieran flotando, suspendidos en el medio de ella. Dejen que los arrope con su oscuridad, sientan su silencio". Los empleados obedecen con gusto, como si se tratara de un ritual que acostumbran practicar una vez a la semana y que disfrutan mucho. M cierra los ojos y se imagina una noche helada, tupida por nubes bajas y veloces. Siente que la gente está más cerca de él de lo que creía antes de cerrar los ojos, al punto de percibir sus alientos con intensidad: el de Tadea, a pan tibio; el de Sebas, más bien amargo; el de Luigi y Claudia, a chicle de sandía; el de Colin, pastoso; el de Gastón, a pastilla de menta y cigarrillo, y el de Eddie, neutro, como si lo hubieran borrado de este mundo. Un silencio de templo envuelve el estudio. La atención se centra en Míster Gamble, que sin soltar a M, dice: "Hoy es un día muy especial. Tanto, que le he pedido al mismísimo Cefas que nos acompañe. Cefas encarna el caso de éxito más importante de la compañía y me parece apropiado que él mismo le pase el testigo a M, la persona que hoy, en este humilde recinto, va a cambiar nuestros destinos. Cefas, por favor, acompáñanos".

Se escucha el rechinar que los zapatos de goma a veces causan al pisar superficies pulidas. Un hombrecito de un metro treinta aparece detrás de Míster Gamble. Es lampiño, no tiene ni cejas ni pelo en su cráneo pulido, pero le salen mechones rojos en sitios peregrinos: la pepa de Adán, la oreja derecha, arriba del codo. Tiene la piel cubierta de manchas marrones y blancas, como pecas desproporcionadas. Su rostro menudo tiene algo de mono y ratón a la vez: naricita, dientes salidos, ojos saltones. Lleva unos Levi's claros pasados de moda, zapatos de goma de tenista y una camisa polo blanca metida por dentro del pantalón. Míster Gamble le hace una reverencia y le dice:

—Te veo y me hincho de orgullo. Quedaste bello.

—Le he pedido en varias ocasiones que por favor no me llame así. Ese no es mi nombre —dice el hombrecito irritado—. Salgamos de esto rápido por favor. ¿El trato es el mismo, no?

—Es que me emociono mucho cuando te veo curado. Sí, el plan es el mismo, —dice Míster Gamble entusiasmado.

—¿Este es el hombre? —pregunta el hombrecito señalando a M.

—Sí. Cefas, te presento al ungido —confirma Míster Gamble.

—Si me vuelve a decir Cefas no hago nada.

—Cómo quieras. Te llamo cómo quieras, pero por favor haz tu parte. Te lo ruego. Mira que dependemos de ti —le suplica Míster Gamble.

—Okey, está bien —dice el hombrecito—. Yo hago lo que tengo que hacer y después me largo. Mire que un trato es un trato.

—Cuenta con que serás recompensado —dice Míster Gamble ansioso.

—Presta atención: estas son las instrucciones—le dice el hombrecito a M—. Yo te voy a ofrecer una copa de un licor espumante y tú tienes que bebértela y dar las gracias. Eso es todo. Facilito. Te bebes un espumante y ya. ¿Okey?

—No entiendo nada —responde M dubitativo.

—Ya me habían advertido que eras medio lerdo. Ven, acércate para explicarte bien al oído.

M agacha la cabeza con esfuerzo para poder llegar al nivel de la cabeza del hombrecito que le murmura directo al oído:

—A Gamble se le metió en la cabeza que soy el espíritu encarnado de Cefas Gonzalvus, un antepasado mío. Todo porque nací con una enfermedad. Me pagó un tratamiento experimental carísimo que me curó. Al parecer va a hacer mucho dinero con eso. Por eso anda tan entusiasmado. Te recomiendo que le sigas las corriente. Créeme que vale la pena. Te conviene. El tipo es excéntrico pero al final resuelve. Seguro te regala algo bueno, una lancha, un carro, no sé qué cosas te gustan, a Gamble le sobra el dinero. No tienes nada que perder. Hazme caso y verás. Todo lo que tienes que hacer es tomarte un trago. Aunque habla en voz baja, es evidente que la mayoría de la gente entiende lo que el hombrecito dice. Un mesonero de guantes blancos le sirve un licor al hombrecito y a M. Míster Gamble les pide que se la beban con dos palmadas. El hombrecito se toma su copa de un trago, y dice que está riquísima. La gente se queda viendo a M, que no termina de entender los caprichos de Gamble, y se distrae contemplando el verde esmeralda del trago, y la forma en que las burbujas trazan hermosas líneas verticales, y la copa de cristal fino, y piensa que se ve apetitosa, que no tiene nada que perder y que lo único que tiene que hacer para dirigir su película es beberse un trago que se ve divino. Entonces alza la copa, se la muestra a sus compañeros y se la bebe como el hombrecito, de un trago.

Los empleados aplauden emocionados y se abrazan los unos a los otros. Gastón se queda pegado demasiado tiempo a Tadea, y aunque a ella parece no importarle, Sebas los separa de un empujón. El hombrecito abraza a M. Su cabeza apenas le llega a la altura del ombligo. Después de un breve caos distendido, Míster Gamble da una palmada y gira instrucciones:

—Ha llegado la hora. Tadea, Sebastián, a sus puestos.

La pareja se para a un lado de la cama.

—Equipo técnico, a sus puestos.

Gastón y Colin toman sus cámaras y se ubican en puntos estratégicos. M se sienta en una silla de director que le señala Míster Gamble. Se encienden las luces del set como un golpe seco.

—Reclama lo tuyo, M. Acepta tu regalo — dice Míster Gamble, y le indica a M que asuma el control.

M vacila por unos segundos, le da las gracias a Míster Gamble, confirma con Sebas y Tadea que estén listos y les pide que se olviden del mundo, que se monten en la cama y jueguen con las almohadas hasta sentirse cómodos y entonces se besen como una serpiente que se traga su cola y se devora a sí misma (lo de la serpiente no lo dice, sino que lo piensa). Los chicos se lanzan alegres en la cama, como si vivieran con sus padres y una tarde de invierno hubieran tenido la increíble fortuna de quedarse solos en casa y supieran que tienen frente a ellos horas de tranquilidad absoluta. Simulan una pelea de almohadas hasta quedar de rodillas uno frente al otro. Se huelen el cuello, las orejas. Se besan, se muerden los labios. Tadea, pelirroja inofensiva, flaca y curva, se afana con gusto, ¡qué gusto!, ¡cómo se afana!, y Sebas es puro talento. Excelente actuación la de Sebas, que comienza a llevar el paso. No, no es él. Es Tadea quien lo lleva. Siempre son ellas quienes llevan el paso. Hasta cuando se ponen de rodillas lo llevan. Sebas parece enamorado, la atraviesa con la mirada. Ella se abre, un homenaje, y él le mete

276

una verga formidable. La cara de placer. La cara de placer. Los gemidos bajos, entrecortados, como de ciervo herido. Oh my God. La que manda es ella. Siempre mandan ellas. Y cómo manda Tadea, que da un jadeo corto, agudo, el último sonido que M escucha antes de sentir un rayo de luz que se le mete por el cráneo como una estrella fugaz, le alumbra el cuerpo y se lo chupa a un sitio donde no hace frío, ni calor, ni da miedo ni alegría.

Epílogo

Desierto de Nevada, 2019

Desierto de Nevada. Cerros grises bajo un cielo amarillento. Nada se mueve al ojo desnudo. Ni siquiera la caravana de carros negros que rueda a cien millas por hora parece moverse. Al final de la carretera brilla el espejismo de un lago, que se transforma en una suerte de cristal gigante en la medida que se acercan los carros, y que en realidad es el vivero: la masiva estructura de vidrio y metal donde se resguardan los ejemplares más valiosos de la compañía. El vivero está protegido por una cerca eléctrica que bordea sus veintidós millas de diámetro, pero sobre todo por la distancia del desierto. Allí se albergan cuatro ejemplares que producen dos tercios del dinero que le entra a la compañía al año. Aparte de los empleados encargados de su cuidado, sólo unos cuantos elegidos tienen el privilegio de verlos en persona. La caravana estaciona frente al edificio. Se bajan el padre Dámaso y un grupo de señores vestidos como si fueran a una expedición para millonarios en el desierto: bermudas beige, camisas de lino de colores pasteles, sombreros de Panamá. El padre Dámaso, con su sotana impecable y su peinado de actor hispano, les sirve de guía. Los recibe una comitiva de seguridad. Pasan por una máquina de rayos equis y los catean a todos con sumo cuidado. Es evidente que no están habituados a que los toquen. Algunos reaccionan con risas nerviosas. Otros se indignan. Los guardias los escoltan a un baño donde se duchan con chorros de presión y un jabón especial que huele a creolina. Se ven los pies blancos los unos a los otros desde los compartimientos de sus regaderas. Bromean. Dicen que se sienten como en la escuela o en la cárcel. Los guardias los ayudan a vestirse con unos trajes aislantes verde claro que les cubren el cuerpo entero, mientras les giran instrucciones: no podrán beber agua por los próximos treinta minutos; si necesitan quitarse el traje por alguna emergencia, deben subir ambos brazos y esperar a que los evacuen a una zona segura. Lo aconsejable para conservar la energía es moverse poco, respirar lento y no abrir la boca. La única persona que puede hablar es el padre Dámaso, que cuenta con los equipos y el entrenamiento necesarios para hacerlo. A los visitantes no les importan los sacrificios: el privilegio de ver los ejemplares en persona los justifica. Abordan cuatro carritos de golf que ruedan silenciosamente entre sembradíos techados. Los empleados del vivero se dividen en tres grupos: los científicos, con batas o trajes protectores como los de los visitantes; los jardineros, sucios, sudados y uniformados con bragas azules y tapabocas, y el personal de seguridad, ubicado en sitios estratégicos y uniformado de marrón. Pasan a una sección bloqueada por una puerta de metal que se abre con un ruido de puerta de nevera. El padre Dámaso, imposible de distinguir dentro de su traje aislante, se adelanta, señala las matas sobre unos pedestales y les dice a los visitantes a través de un sistema de bocinas integradas a su atavío:

"Uno de los privilegios de mi trabajo es tener la fortuna de visitar con frecuencia a estos ejemplares que prácticamente considero mis amigos. Puestos a ver, son los mejores amigos de todos nosotros, y no digo sólo de ustedes, que se benefician de sus abundantes frutos, vegetales, químicos y, por supuesto, económicos, sino de las millones de personas que hoy en día pueden vivir mejores vidas gracias a ellos. Yo, gracias al Señor, no soy uno de ellos. Mi cabello es natural. Mi corazón late como un reloj suizo. Mis memorias son todas de naturaleza noble. Y mi desempeño sexual es óptimo para un sacerdote. Hablando en serio, estas plantas han mejorado la vida de una generación. Y apenas si las comenzamos a entender. Dios mediante, serán nuestros hijos quienes se beneficien de su verdadero potencial. Es decir, sus hijos, pues como ustedes saben, yo soy sacerdote. No más bromas. El punto es que yo tuve la fortuna de participar como consejero en el proceso de desarrollo de estos ejemplares y cuando los veo en toda su grandeza, dando sus milagrosos frutos, pienso en los sacrificios que hay detrás de ellos. Es fácil decirlo, pero hay gente que ha dado la vida por estas plantas. De hecho, hay gente que la sigue dando. Eso no hay que olvidarlo. Cuando pienso en ellos, recuerdo la parábola de la semilla de mostaza, que siendo una semilla chiquita, mínima, insignificante como un grano de arena, da origen a un árbol tan frondoso que Jesús compara con el reino de los cielos. Yo rezo mucho por los héroes olvidados que, a veces sin saberlo, lo entregaron todo en nombre de la ciencia. Pero la verdad es que sus sacrificios han valido la pena. Basta con contemplar los ejemplares para entenderlo. Aquellos que han estado distraídos los últimos años, presten atención: las dos matas idénticas, las de la derecha, son 'las mellizas'. Sí, esas mismas, las pequeñas con pelos en vez de hojas; las de los pelambres negros y lacios como quinceañeras de pueblo. Increíble, ¿verdad? Es el milagro de la ciencia. Dios nos guarde y nos favorezca. El árbol redondo y grueso es, obviamente, 'el macizo'. Sí, el de más atrás. ¿Ven el tronco negro? ¿Y los corazoncitos? Fíjense bien. El color confunde, porque son negros en vez de rojos. Mírenlos como laten. Se mueven cada dos segundos. Increíble, ¿verdad?, ¡qué ritmo y qué fuerza tienen! ¿Cuántas vidas se han salvado gracias al Macizo, y cuántas están por salvarse? Es una bendición. Y por último, last but no least, el ejemplar del medio, el que está arriba de todos, el único que no necesita presentación; al fin y al cabo 'M' es el verdadero motivo de nuestra visita, el mayor logro en la historia de los cultivos biodinámicos, el ejemplar que cambió la historia de nuestra compañía y, las cosas hay que decirlas como son: de la humanidad. Miren su tronco firme, espigado, largo. Miren sus hojitas que parecen recién pintadas de ese verde brillante tan distintivo. Miren cómo se mueven de manera independiente de un lado a otro, como si estuvieran vivas. ¡Tan bellas! Provoca acariciarlas. ¿Y qué me dicen de sus fruticas anaranjadas? ¡Qué jugosas y apetitosas se ven! ¿Se imaginan comerse una? ¿Se imaginan tener el privilegio de salir de aquí con una frutica y comérsela en el desierto? Pues llegó la hora de darles la sorpresa de sus vidas: Míster Gamble les va a regalar una fruta a cada uno de ustedes. Sí, una para cada uno, pero con la condición de que se las coman en el desierto. ¿Está claro? Sólo se las pueden comer en el desierto y conmigo como guía. No, esta vez no estoy bromeando".

Camilo Pino (Venezuela, 1970). Es autor de la
novela Valle Zamuro (Pre-Textos, PuntoCero),
galardonada con el XV Premio de Novela
"Carolina Coronado" y finalista del Premio de la
Crítica de Venezuela. Fue seleccionado entre los
doce autores que participan en Viaje One Way:
antología de narradores de Miami editada por el
sello Suburbano Ediciones (SED). Y vive en Miami
desde el año 2000.

www.ingramcontent.com/pod-product-compliance
Lightning Source LLC
Chambersburg PA
CBHW030649020726
47493CB00006B/1953